瑞蘭國際

瑞蘭國際

我的第一堂日語課

最好學的日語入門書

作者　王念慈老師
總策劃・審訂　元氣日語編輯小組

推薦序

台灣的日語教育始於1895年，至今已經有115年的歷史。令人高興的是，在進入21世紀之後，日語學習人口與日俱增，其中又以年輕人居多。這種日語學習熱潮，顯現出國人對於日語學習的熱誠，以及對日本文化的心儀。

俗語說：「萬事起頭難。」就語言學習而言，入門期的學習內容與成效對於日語學習是否能夠持續，有著非常深遠的影響。而教材的良窳對於學習成效的提升，更居重要地位。

《我的第一堂日語課》是由具有近20年日語教學經驗的資深教師王念慈老師所撰寫的。王老師在教材的單字以及句型的選擇上，下了很大的功夫。除了注重生活的實用性之外，也注意到內容的難易度。詳細的解說，循序漸進地引導讀者進入日語學習的世界。而小測驗的設計，更能讓讀者檢視自己的學習成效，可謂用心良苦。相信本書的內容與編排，可以讓日語的初學者有一個很好的開始。

王念慈老師畢業於東吳大學日本語文學系，是我的學生。大學時代熱心外語學習的念慈，選擇日語教育工作為她的志業，並且將多年的教學經驗化為文字，進而加以出版。身為導師的我感到與有榮焉，因此特別撰寫序文以為記。

東吳大學日本語文學系教授兼
外語學院院長
賴錦雀

2009年8月吉日

推薦文

当校の姉妹校である静修女子高級中学校の日本語教師、王念慈先生は、台湾と日本の若者たちの国際親善交流のために、日頃より努力をされております。当校と静修女子高級中学校の姉妹校締結においても、両校の間に立ち、正確な日本語と真面目な人柄で大きな役割を果たしていただきました。

また、王念慈先生はいろいろな国を訪問されていますが、中でも日本には数多く訪問されており、日本の文化や習慣にも詳しく、日本人を良く理解なさっている台湾人のお一人です。

その王念慈先生がこの度、18年間の日本語教師経験を生かして日本語テキストを出版されることになりました。そこで、この本について簡単に推薦させていただきます。

① 日本語を初めて習う人のために、日常でよく使われる“ひらがな”や“カタカナ”が多く紹介されており、大変分かりやすいです。

② 各セクションごとに練習パターンがあり、実用的で分かりやすくなっています。

③ 各セクションごとに作者の詳しい解説と分かりやすい文法の説明があり、効率的な学習の手助けとなります。

④ 各セクションごとに小テストが付いており、実力チェックに効果的です。

このテキストで、皆さんが日本語を効果的にマスターされることを期待しております。

日本埼玉県

淑徳与野中学・高等学校校長

里見裕輔

作者的話

在高中教日文將近20年，除了教綜合高中應用日語科的學生外，也常接觸選修第二外語、初學日文的學生。我發現初學者都有共通的迷思和瓶頸，首先是五十音背不起來，接著就遇到看不懂句型的障礙，喜愛日本文化的情緒也跟著減退，相當可惜。身為教師的我，為了讓初學者有快樂的學習經驗及成就感，提起大家學習日語的興趣，在此特別以自己的教學經驗及學生的學習心得，編出這本初級日語教學書。

平時我除了教授初學者外，也教授三級甚至二級的文法。今年我的學生有十位考進國立的四技二專學校，其他考進私立學校的，也是非常有名的日文科。除了替她們感到高興之餘，也證明了學語言首重基礎，並且每個人都要積極尋找學習日語的興趣與動力。此外，在校園中的日語歌唱比賽、日語話劇表演或日語朗讀比賽中，看到學生學習的熱情，和自己教學的成果，讓我更加肯定投入日語教學這塊園地的意義與價值。

最後，首先想感謝注重外語教育的靜修女中，讓我盡興地教授日語，其次想感謝替我推薦的賴錦雀教授和靜修女中日本姐妹校里見裕輔校長，更要感謝在寫書的期間，不斷地給我許多支持和鼓勵的瑞蘭出版社的專業團隊。希望讀者透過這本書籍，能夠快樂地進入學習日語的世界。也期盼各位在學習之餘，不吝給予批評指教。

2009年8月

編者的話

本書《我的第一堂日語課》，名符其實，就是為了廣大初級日語學習者所設計的入門書。隨著日語學習人口的激增，報考日語檢定測驗的人數也逐年升高，不難看出許多人選擇日語當成第二外語，就是為了有利升學與求職。

然而，學習日語絕非一蹴可幾；不將根基紮穩，永遠也無法專精。目前市面上的日語學習書五花八門，但是真正能幫助初學者把日文從「根」紮穩基礎的教材，卻寥寥無幾。有鑑於此，本書嘗試以簡明易懂的方式，從最基礎的「日語五十音」開始教學，再進一步介紹「打招呼用語」及簡單又實用的「初級會話」，搭配中文翻譯及插圖、重音標示，方便記憶。初級日語的「文型」與「文法講解」，亦透過歸納、整理、比較的形式，以及例句示範說明，幫助學習者達到最佳的吸收。

《我的第一堂日語課》依照難易度，細心規劃出二十課，在每一課結束後，均附上「隨堂小測驗」，課後立刻作答，驗收成果輕鬆不費力。本書最後並附上「解答」，方便教師評比，也方便學習者檢測自我實力。此外，在課與課之間，還穿插有趣的「豆知識」單元，將日本這個國家及其不可不知的習俗文化，以輕鬆的方式介紹給讀者，讓讀者在學習日語的同時，也能更進一步了解日本文化。

本書完整的 「CD+MP3教學」，由日籍名師群錄音教學，最標準的東京腔發音，讓讀者從最基礎的五十音開始一邊聽，一邊唸，並一邊跟著學習、記憶，日語的聽力及發音的實力，也能自然地增強。最後附上的「附錄」單元，將量詞、時間單位、日本行政區、餐飲美食等等常用單詞列表整理，盼能幫助所有日語學習者將初級日語運用自如，更上一層樓。惟若有未盡妥善之處，尚祈先進隨時提供改進意見，俾供再版修訂之參考。

元氣日語編輯小組

2009年8月

如何使用本書

《我的第一堂日語課》依照難易度，細心規劃出二十課。第一課到第十課為五十音平假名及片假名教學，第十一課到二十課則為基礎單字、會話和文法教學。

完整的日語五十音 & CD+MP3教學

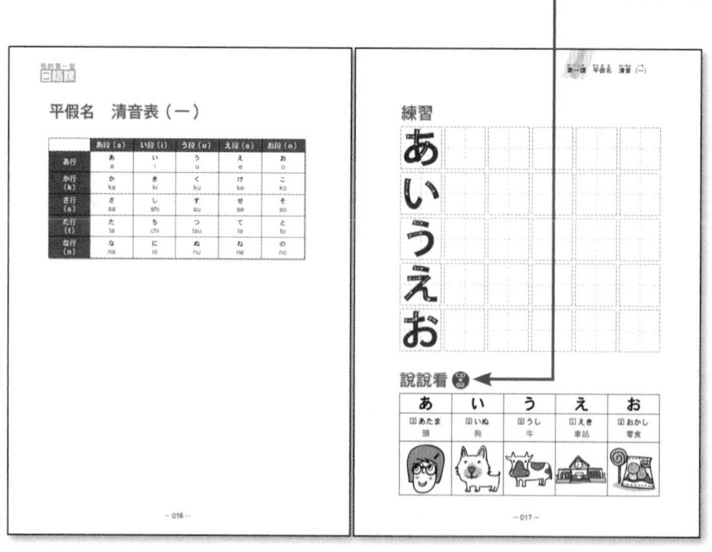

我的第一堂
日語課

平假名　清音表（一）

	あ段（a）	い段（i）	う段（u）	え段（e）	お段（o）
あ行	あ a	い i	う u	え e	お o
か行（k）	か ka	き ki	く ku	け ke	こ ko
さ行（s）	さ sa	し shi	す su	せ se	そ so
た行（t）	た ta	ち chi	つ tsu	て te	と to
な行（n）	な na	に ni	ぬ nu	ね ne	の no

— 016 —

第一課　平假名　清音（一）

練習

あ
い
う
え
お

說說看 CD 02

あ	い	う	え	お
⓪あたま 頭	⓪いぬ 狗	⓪うし 牛	①えき 車站	②おかし 零食

— 017 —

第一課到第十課，以簡明易懂的方式，從最基礎的「日語五十音」開始教學，搭配筆順及中文翻譯、插圖、重音標示，方便記憶。本書完整的「CD+MP3」教學，由日籍名師群錄音教學，最標準的東京腔發音，讓讀者從最基礎的五十音開始一邊聽，一邊唸，並一邊跟著學習、記憶，日語的聽力及發音的實力，也能自然地增強。

8階段循序漸進學習

第十一課之後，開始導入基礎句型與會話，以8階段循序漸進學習，搭配CD+MP3反覆聆聽練習，奠定日語基礎實力。

だいじゅうごか
第十五課

このパンは　いくらですか。

學習重點！

❶ 重要句型：
「名詞 は　いくらですか。（詢問價格）」
「名詞 を　ください。（請給我～。）」

❷ 數字的說法。

❸ 電話號碼的說法。

Step1 由簡入深的課程內容

每一課的「篇名頁」直接標明學習重點，學習內容一目瞭然！

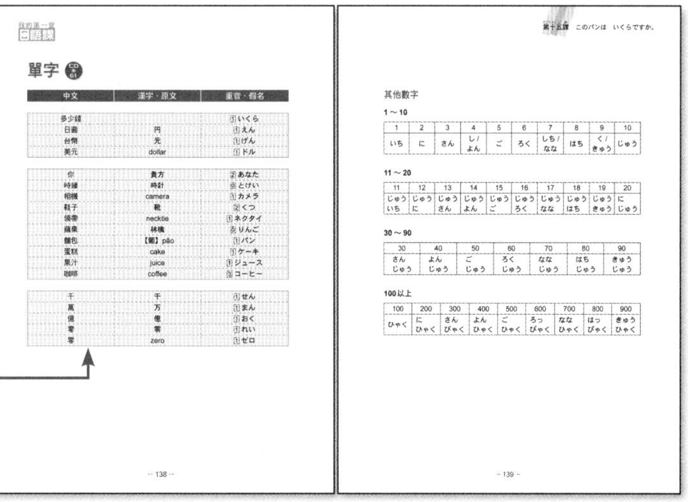

我的第一堂日語課

單字 CD 61

中文	漢字・原文	重音・假名
多少錢		1 いくら
日圓	円	1 えん
台幣	元	1 げん
美元	dollar	1 ドル
你	貴方	2 あなた
時鐘	時計	0 とけい
相機	camera	1 カメラ
鞋子	靴	2 くつ
領帶	necktie	1 ネクタイ
蘋果	林檎	0 りんご
麵包	【葡】pão	1 パン
蛋糕	cake	1 ケーキ
果汁	juice	1 ジュース
咖啡	coffee	3 コーヒー
千	千	1 せん
萬	万	1 まん
億	億	1 おく
零	零	1 れい
零	zero	1 ゼロ

－138－

第十五課　このパンは　いくらですか。

其他數字

1～10

1	2	3	4	5	6	7	8	9	10
いち	に	さん	し／よん	ご	ろく	しち／なな	はち	く／きゅう	じゅう

11～20

11	12	13	14	15	16	17	18	19	20
じゅういち	じゅうに	じゅうさん	じゅうよん	じゅうご	じゅうろく	じゅうなな	じゅうはち	じゅうきゅう	にじゅう

30～90

30	40	50	60	70	80	90
さんじゅう	よんじゅう	ごじゅう	ろくじゅう	ななじゅう	はちじゅう	きゅうじゅう

100以上

100	200	300	400	500	600	700	800	900
ひゃく	にひゃく	さんびゃく	よんひゃく	ごひゃく	ろっぴゃく	ななひゃく	はっぴゃく	きゅうひゃく

－139－

Step2
最基礎的日語單字

實用的「日語單字」，以表格方式一一整理列出，附上中文翻譯、重音標示，加深印象，好記又好學！

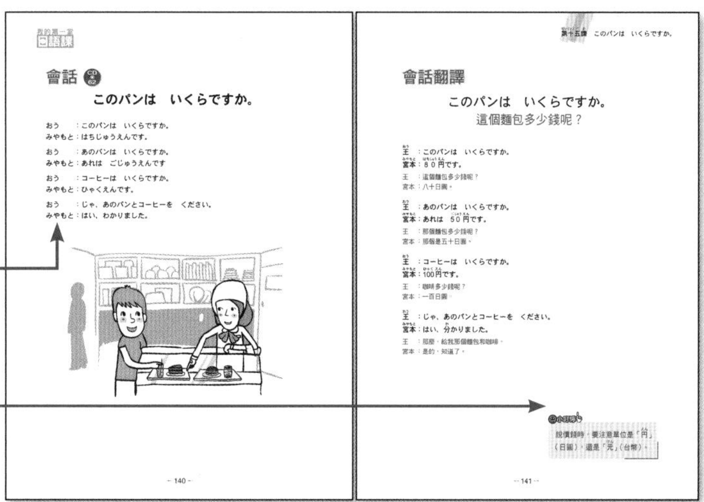

我的第一堂日語課

會話 CD 62

このパンは　いくらですか。

おう　　：このパンは　いくらですか。
みやもと：はちじゅうえんです。
おう　　：あのパンは　いくらですか。
みやもと：あれは　ごじゅうえんです
おう　　：コーヒーは　いくらですか。
みやもと：ひゃくえんです。
おう　　：じゃ、あのパンとコーヒーを　ください。
みやもと：はい、わかりました。

－140－

第十五課　このパンは　いくらですか。

會話翻譯

このパンは　いくらですか。
這個麵包多少錢呢？

王　：このパンは　いくらですか。
宮本：８０円です。
王　：這個麵包多少錢呢？
宮本：八十日圓。

王　：あのパンは　いくらですか。
宮本：あれは　５０円です。
王　：那個麵包多少錢呢？
宮本：那個是五十日圓。

王　：コーヒーは　いくらですか。
宮本：100円です。
王　：咖啡多少錢呢？
宮本：一百日圓。

王　：じゃ、あのパンとコーヒーを　ください。
宮本：はい、分かりました。
王　：那麼，給我那個麵包和咖啡。
宮本：是的，知道了。

小叮嚀
說價錢時，要注意單位是「円」（日圓），還是「元」（台幣）。

－141－

Step3
實用的初級會話

簡單又實用的「初級會話」，句句生活化又好記！並附上「小叮嚀」，提醒初學者容易犯錯及應注意事項！

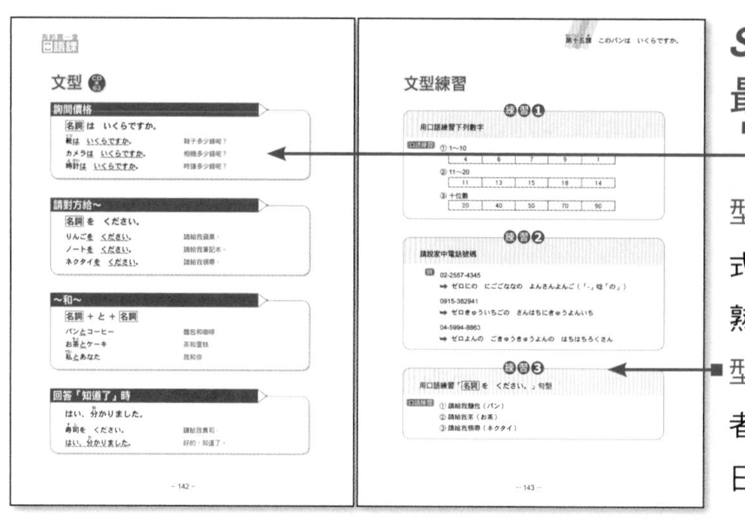

Step4 最好用的日語文型

每個新出現的「文型」，都有清楚的文型公式以及實用的練習句，要熟練新句型好容易！「文型練習」單元，更方便學習者進行口頭練習，要說出日語文型，就是這麼簡單！

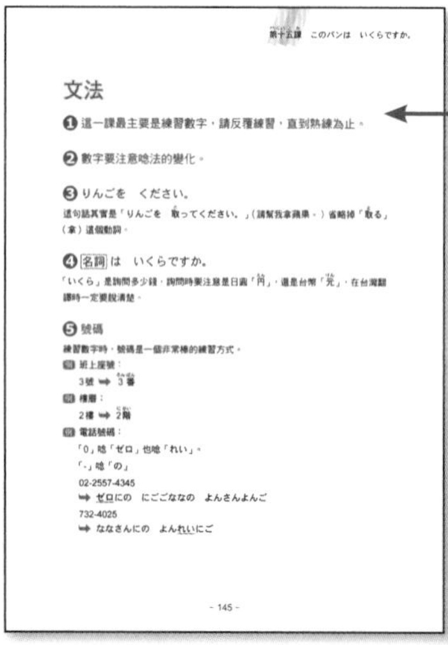

Step5 簡單日語文法，搭配清楚好理解的解說

「文法講解」部分，透過歸納、整理、比較的形式，以及例句示範說明，幫助學習者吸收，讓日語文法不再是罩門！

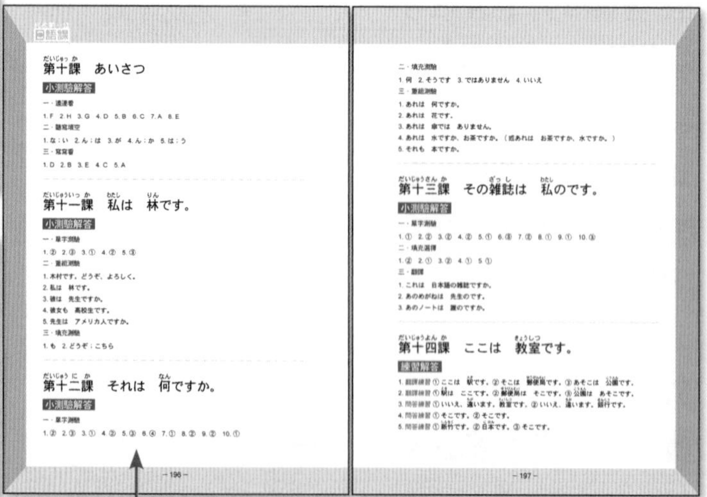

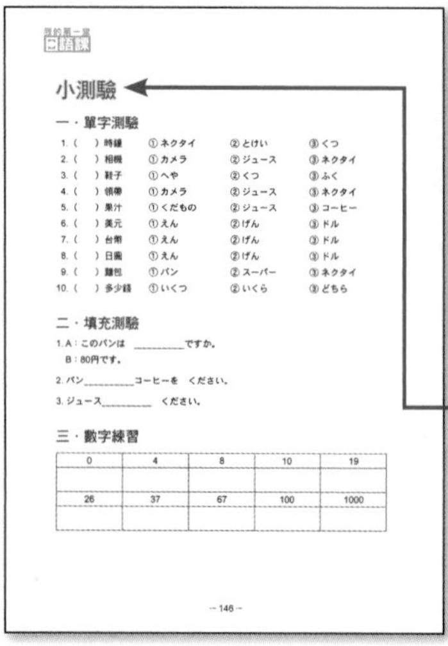

Step6 課後小測驗，學習成果立即驗收

每一課結束後，均附上「隨堂小測驗」，課後立刻作答，驗收成果輕鬆不費力！並於本書最後附上「解答」，方便學習者檢測自我實力。

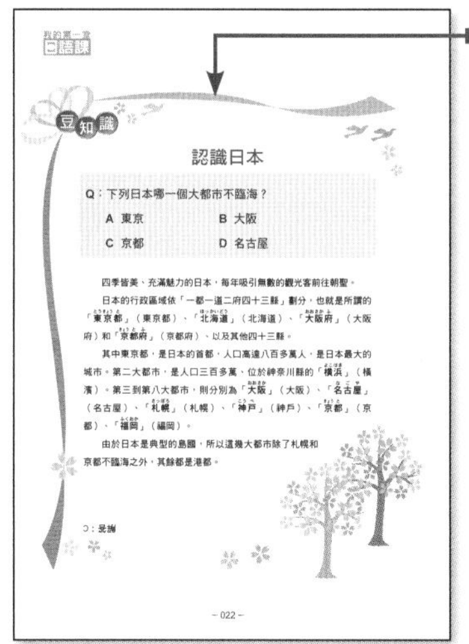
我的第一堂日語課

豆知識

認識日本

Q：下列日本哪一個大都市不臨海？

A 東京　B 大阪

C 京都　D 名古屋

四季皆美、充滿魅力的日本，每年吸引無數的觀光客前往朝聖。

日本的行政區域依「一都一道二府四十三縣」劃分，也就是所謂的「東京都」（東京都）、「北海道」（北海道）、「大阪府」（大阪府）和「京都府」（京都府），以及其他四十三縣。

其中東京都，是日本的首都，人口高達八百多萬人，是日本最大的城市。第二大都市，是人口三百多萬、位於神奈川縣的「横浜」（橫濱）。第三到第八大都市，則分別為「大阪」（大阪）、「名古屋」（名古屋）、「札幌」（札幌）、「神戸」（神戶）、「京都」（京都）、「福岡」（福岡）。

由於日本是典型的島國，所以這幾大都市除了札幌和京都不臨海之外，其餘都是港都。

– 022 –

Step7 有趣的豆知識

課與課之間，還穿插有趣的「豆知識」單元，將日本這個國家及其不可不知的習俗文化，以輕鬆的方式，介紹給學習者，讓學習者在學習日語的同時，也能更進一步了解日本文化。

Step8 實用的附錄

最後附上的「附錄」單元，將量詞、時間單位、日本行政區、餐飲美食等等常用詞彙列表整理，盼能幫助所有學習者將初級日語運用自如，更上一層樓。

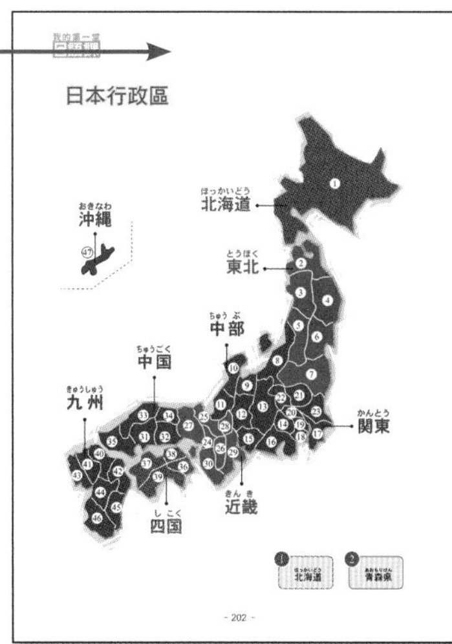

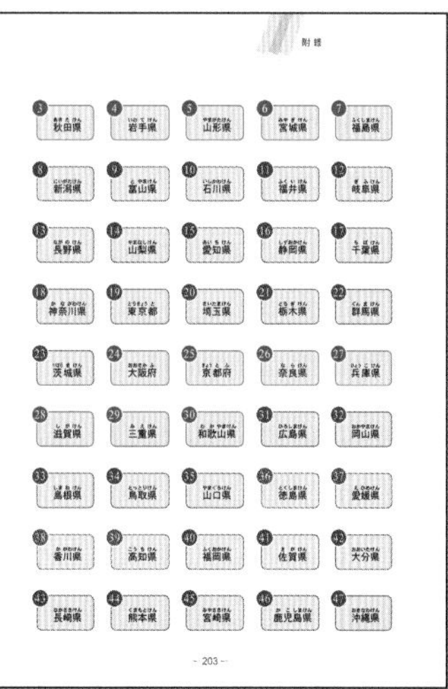

目錄

推薦序、推薦文 …… 002
作者的話 …… 004
編者的話 …… 005
如何使用本書 …… 006

第一課（だいいっか） 平仮名（ひらがな） 清音（せいおん）（一）（いち） …… 015
豆知識：認識日本

第二課（だいにか） 平仮名（ひらがな） 清音（せいおん）（二）（に） …… 023
豆知識：日本的貨幣

第三課（だいさんか） 平仮名（ひらがな） 濁音（だくおん）・半濁音（はんだくおん） …… 031
豆知識：日本的地下鐵

第四課（だいよんか） 平仮名（ひらがな） 拗音（ようおん） …… 039

第五課（だいごか） 長音（ちょうおん）・促音（そくおん）・アクセント …… 047

第六課（だいろっか） 片仮名（かたかな） 清音（せいおん）（一）（いち） …… 053
豆知識：日本的住宿

第七課（だいななか） 片仮名（かたかな） 清音（せいおん）（二）（に） …… 061
豆知識：富士山&「合目」

第八課（だいはっか） 片仮名（かたかな） 濁音（だくおん）・半濁音（はんだくおん） …… 069
豆知識：日本的「神社」和「寺廟」

第九課（だいきゅうか） 片仮名（かたかな） 拗音（ようおん） …… 077

日語音韻表 …… 012
解答篇 …… 193
附錄 …… 201

第十課　あいさつ …… 085
豆知識：日本三大名城

第十一課　私は　林です。 …… 093
豆知識：京都名所「金閣寺」

第十二課　それは　何ですか。 …… 103

第十三課　その雑誌は　私のです。 …… 113
豆知識：多元美味的日本拉麵

第十四課　ここは　教室です。 …… 125

第十五課　このパンは　いくらですか。 …… 137

第十六課　今日は　何曜日ですか。 …… 147

第十七課　このりんごは　大きいです。 …… 155
豆知識：日本的主題遊樂園

第十八課　あの町は　賑やかですね。 …… 165
豆知識：五顏六色，日文怎麼說？

第十九課　お母さんは　どこに　いますか。 …… 175

第二十課　今日は　何月何日ですか。 …… 183

日語音韻表 CD 01

〔清音〕

	あ段	い段	う段	え段	お段
あ行	あ ア a	い イ i	う ウ u	え エ e	お オ o
か行	か カ ka	き キ ki	く ク ku	け ケ ke	こ コ ko
さ行	さ サ sa	し シ shi	す ス su	せ セ se	そ ソ so
た行	た タ ta	ち チ chi	つ ツ tsu	て テ te	と ト to
な行	な ナ na	に ニ ni	ぬ ヌ nu	ね ネ ne	の ノ no
は行	は ハ ha	ひ ヒ hi	ふ フ fu	へ ヘ he	ほ ホ ho
ま行	ま マ ma	み ミ mi	む ム mu	め メ me	も モ mo
や行	や ヤ ya		ゆ ユ yu		よ ヨ yo
ら行	ら ラ ra	り リ ri	る ル ru	れ レ re	ろ ロ ro
わ行	わ ワ wa				を ヲ o
	ん ン n				

〔濁音・半濁音〕

が ガ ga	ぎ ギ gi	ぐ グ gu	げ ゲ ge	ご ゴ go
ざ ザ za	じ ジ ji	ず ズ zu	ぜ ゼ ze	ぞ ゾ zo
だ ダ da	ぢ ヂ ji	づ ヅ zu	で デ de	ど ド do
ば バ ba	び ビ bi	ぶ ブ bu	べ ベ be	ぼ ボ bo
ぱ パ pa	ぴ ピ pi	ぷ プ pu	ぺ ペ pe	ぽ ポ po

〔拗音〕

きゃ キャ kya	きゅ キュ kyu	きょ キョ kyo	しゃ シャ sha	しゅ シュ shu	しょ ショ sho
ちゃ チャ cha	ちゅ チュ chu	ちょ チョ cho	にゃ ニャ nya	にゅ ニュ nyu	にょ ニョ nyo
ひゃ ヒャ hya	ひゅ ヒュ hyu	ひょ ヒョ hyo	みゃ ミャ mya	みゅ ミュ myu	みょ ミョ myo
りゃ リャ rya	りゅ リュ ryu	りょ リョ ryo	ぎゃ ギャ gya	ぎゅ ギュ gyu	ぎょ ギョ gyo
じゃ ジャ ja	じゅ ジュ ju	じょ ジョ jo	びゃ ビャ bya	びゅ ビュ byu	びょ ビョ byo
ぴゃ ピャ pya	ぴゅ ピュ pyu	ぴょ ピョ pyo			

良薬（りょうやく）は口（くち）に苦（にが）し。
良藥苦口。

だいいっか
第一課

ひらがな　せいおん　いち
平仮名　清音（一）

學習重點！

1. 學習五十音「清音」中，「あ、か、さ、た、な」行25個字的寫法與發音。
2. 學習此25個清音的相關單字。

平假名　清音表（一）

	あ段（a）	い段（i）	う段（u）	え段（e）	お段（o）
あ行	あ a	い i	う u	え e	お o
か行 （k）	か ka	き ki	く ku	け ke	こ ko
さ行 （s）	さ sa	し shi	す su	せ se	そ so
た行 （t）	た ta	ち chi	つ tsu	て te	と to
な行 （n）	な na	に ni	ぬ nu	ね ne	の no

練習

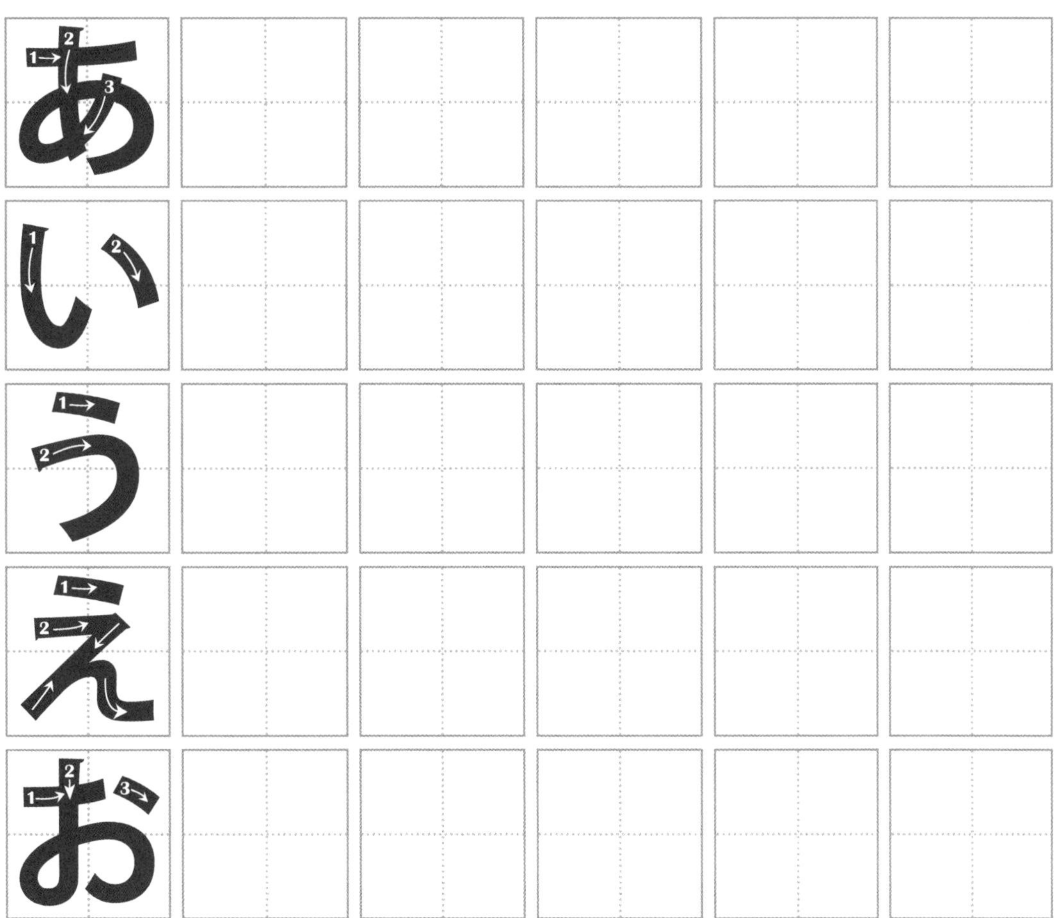

說說看 CD 02

あ	い	う	え	お
③ あたま 頭	② いぬ 狗	⓪ うし 牛	① えき 車站	② おかし 零食

練習

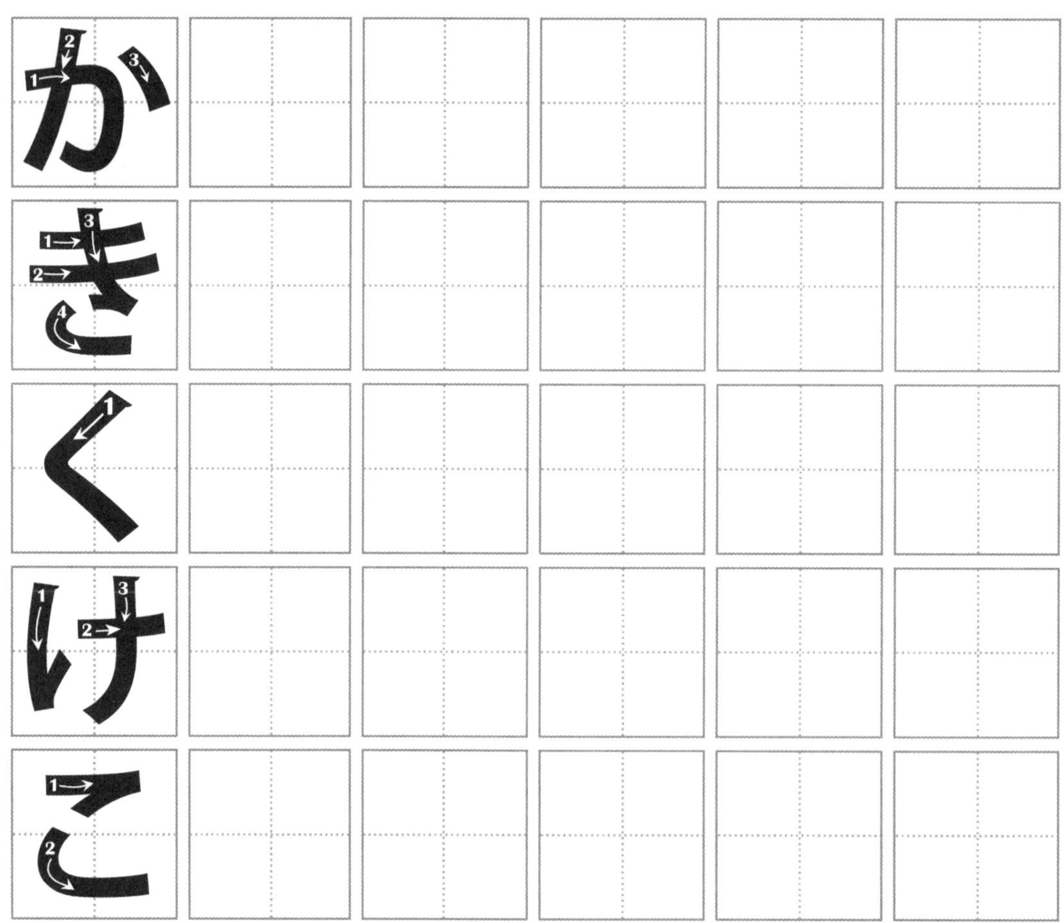

說說看 CD 03

か	き	く	け	こ
① かさ 傘 	⓪ きく 菊花 	⓪ くるま 車子 	⓪ けむり 煙 	② こめ 米 

練習

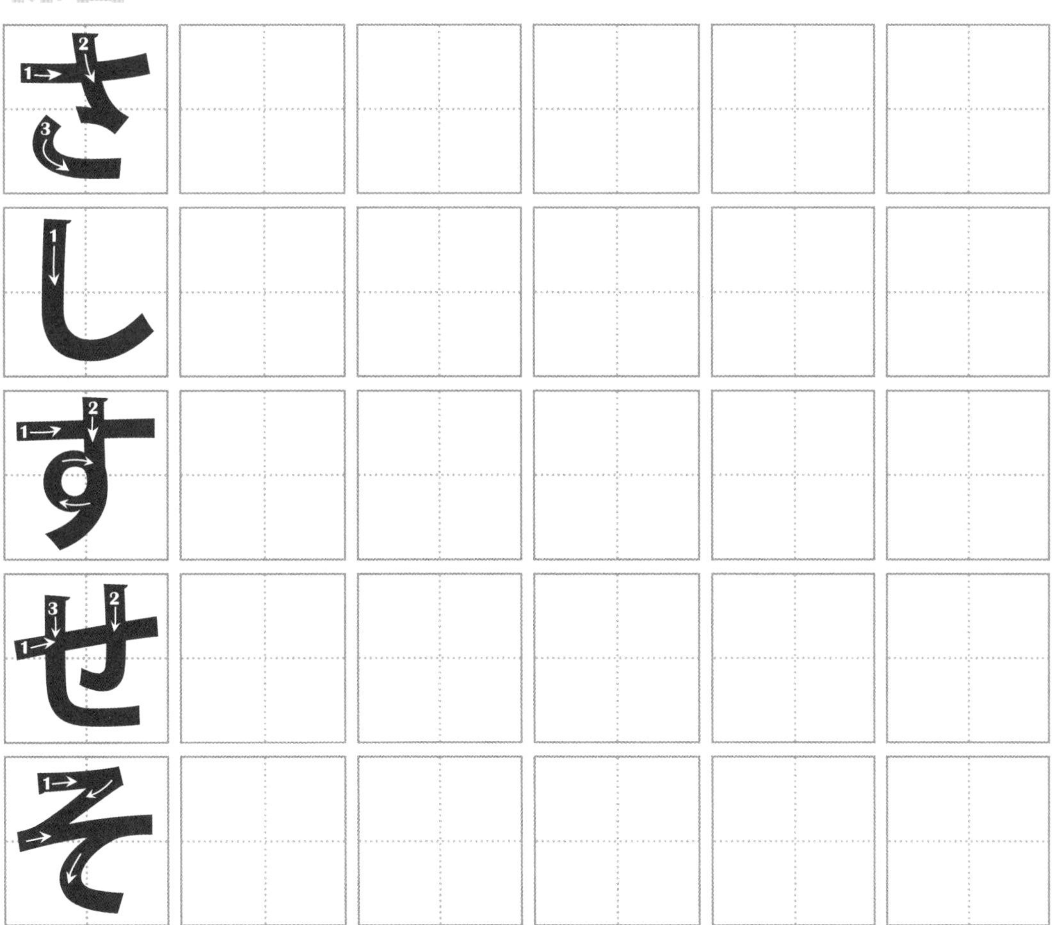

說說看 CD◎04

さ	し	す	せ	そ
1 さる 猴子	2 しお 鹽	2 1 すし 壽司	0 せみ 蟬	1 そら 天空

練習

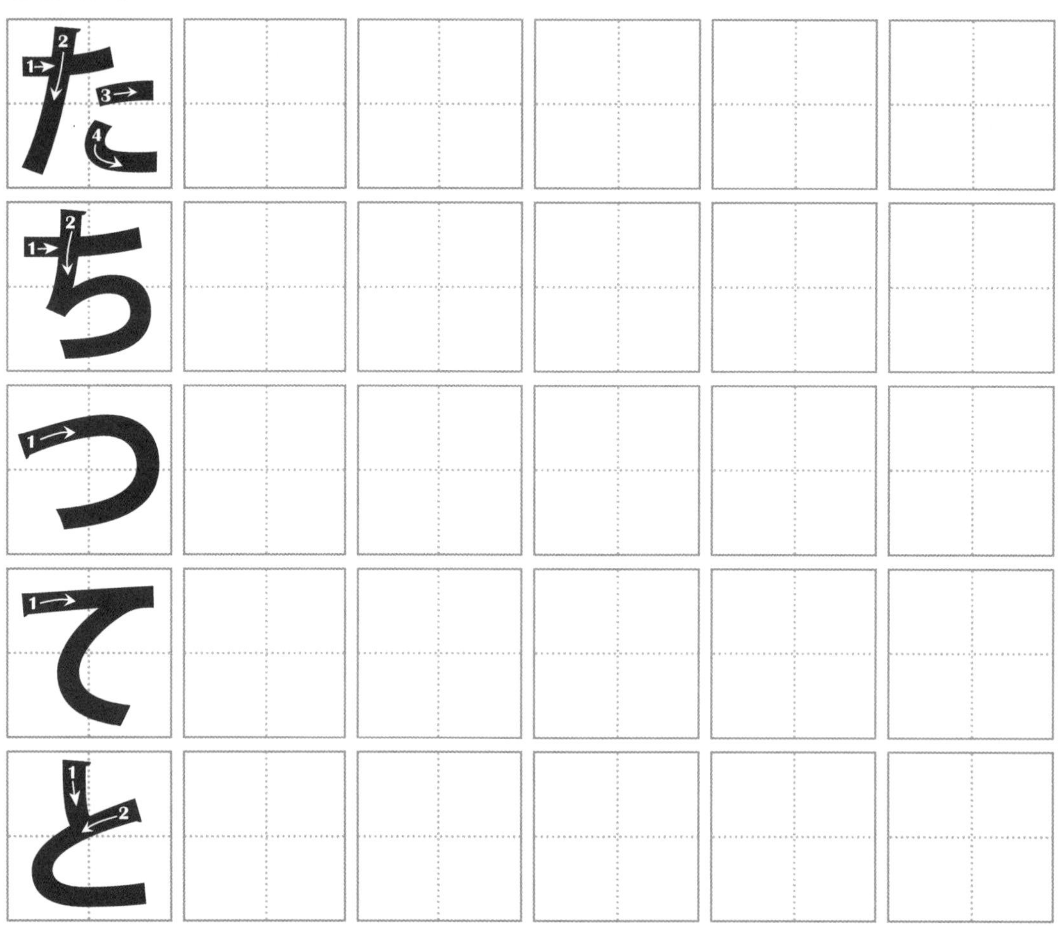

說說看 CD 05

た	ち	つ	て	と
1 たこ 章魚	1 ちち 家父	0 つくえ 桌子	1 て 手	0 とり 鳥

練習

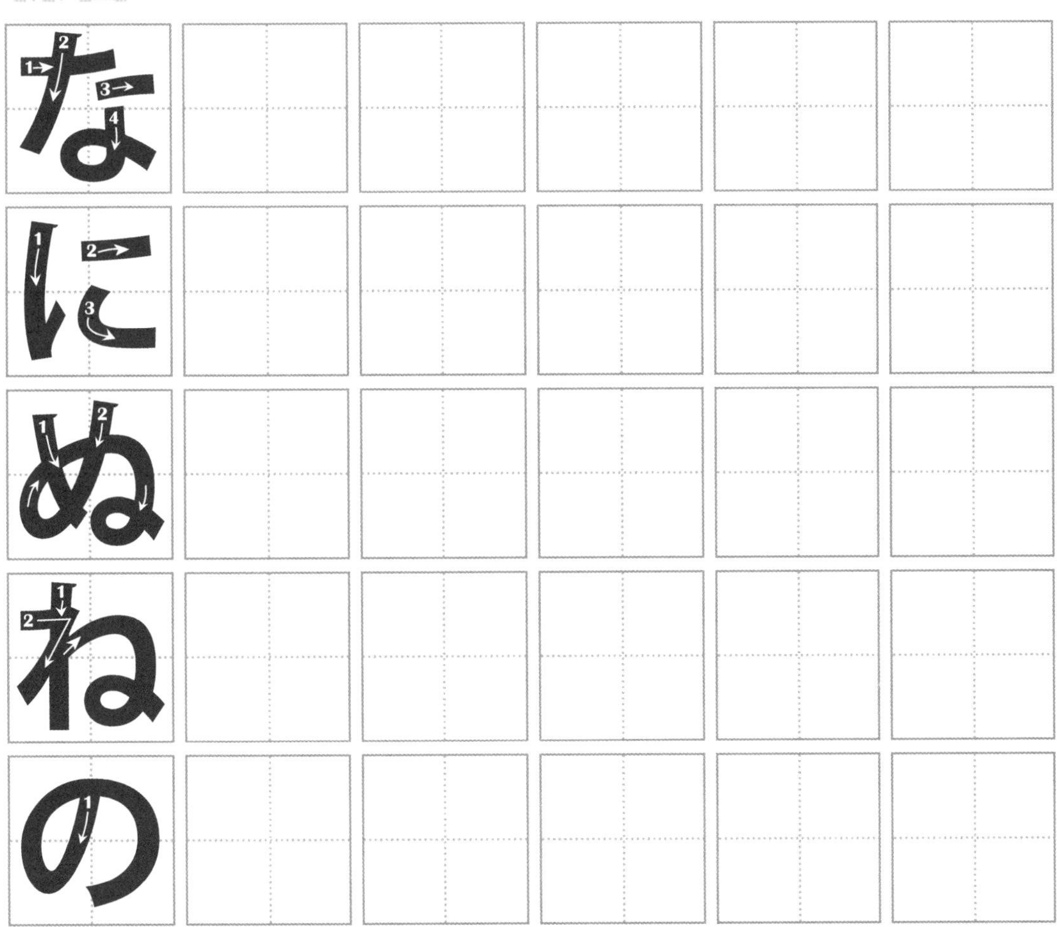

說說看 CD 06

な	に	ぬ	ね	の
1 なす 茄子	2 にほん 日本	0 ぬの 布	1 ねこ 貓咪	2 のり 海苔

認識日本

Q：下列日本哪一個大都市不臨海？

A 東京　　　　**B** 大阪

C 京都　　　　**D** 名古屋

四季皆美、充滿魅力的日本，每年吸引無數的觀光客前往朝聖。

日本的行政區域依「一都一道二府四十三縣」劃分，也就是所謂的「**東京都**(とうきょうと)」（東京都）、「**北海道**(ほっかいどう)」（北海道）、「**大阪府**(おおさかふ)」（大阪府）和「**京都府**(きょうとふ)」（京都府）、以及其他四十三縣。

其中東京都，是日本的首都，人口高達八百多萬人，是日本最大的城市。第二大都市，是人口三百多萬、位於神奈川縣的「**横浜**(よこはま)」（横濱）。第三到第八大都市，則分別為「**大阪**(おおさか)」（大阪）、「**名古屋**(なごや)」（名古屋）、「**札幌**(さっぽろ)」（札幌）、「**神戸**(こうべ)」（神戸）、「**京都**(きょうと)」（京都）、「**福岡**(ふくおか)」（福岡）。

由於日本是典型的島國，所以這幾大都市除了札幌和京都不臨海之外，其餘都是港都。

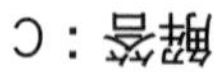

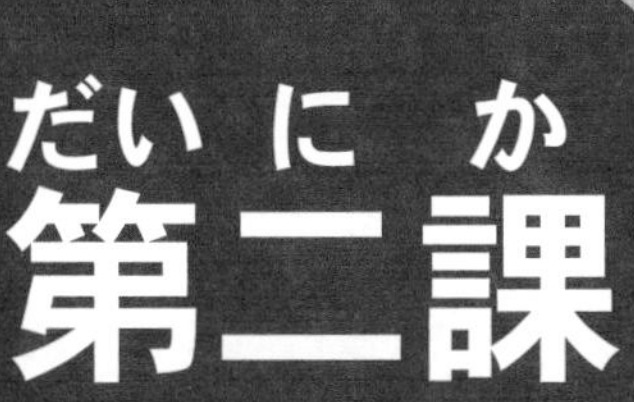

だいにか 第二課

ひらがな せいおん に 平仮名　清音（二）

學習重點！

1. 學習五十音「清音」中，「は、ま、や、ら、わ」行20個字，以及鼻音「ん」的寫法與發音。
2. 學習此21個清音的相關單字。

平假名　清音表（二）

	あ段（a）	い段（i）	う段（u）	え段（e）	お段（o）
は行（h）	は ha	ひ hi	ふ fu	へ he	ほ ho
ま行（m）	ま ma	み mi	む mu	め me	も mo
や行（y）	や ya		ゆ yu		よ yo
ら行（r）	ら ra	り ri	る ru	れ re	ろ ro
わ行（w）	わ wa				を o
	ん n				

練習

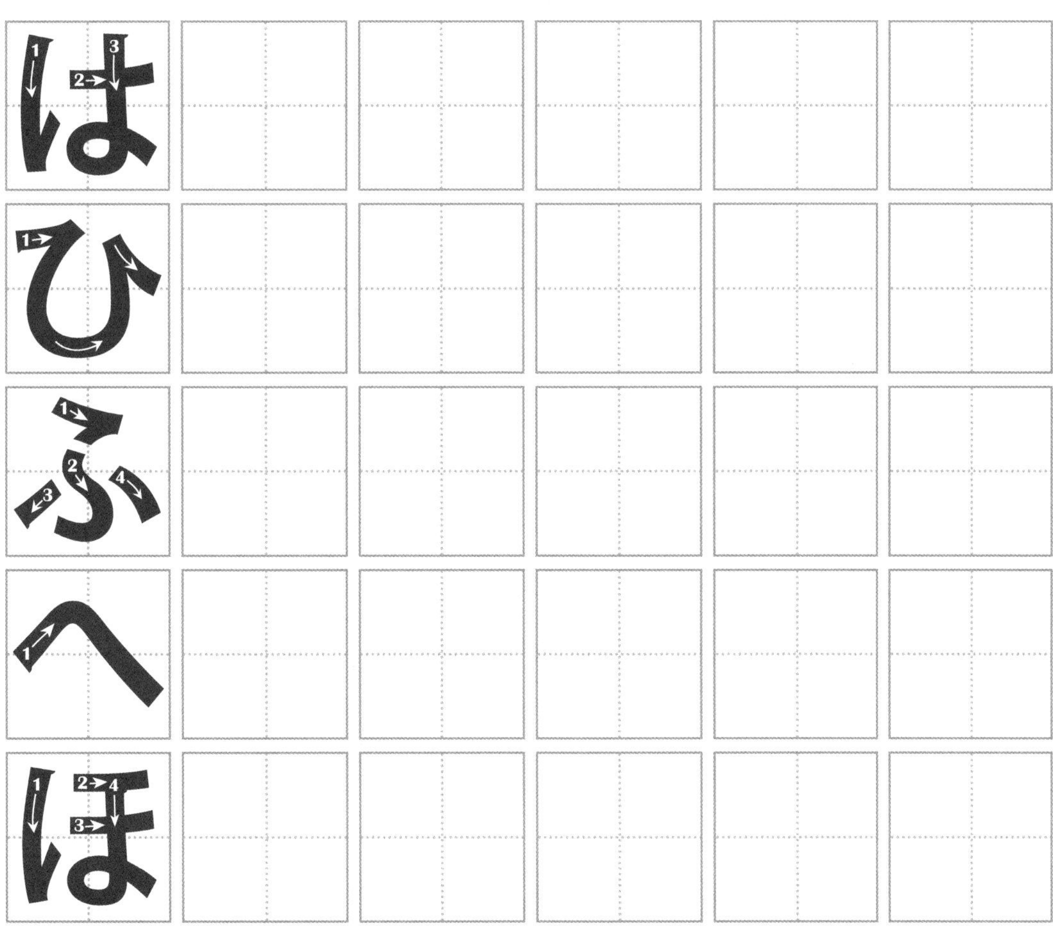

說說看 CD 07

は	ひ	ふ	へ	ほ
1 はは 家母	0 2 ひと 人	1 ふね 船	2 へや 房間	0 ほし 星星

練習

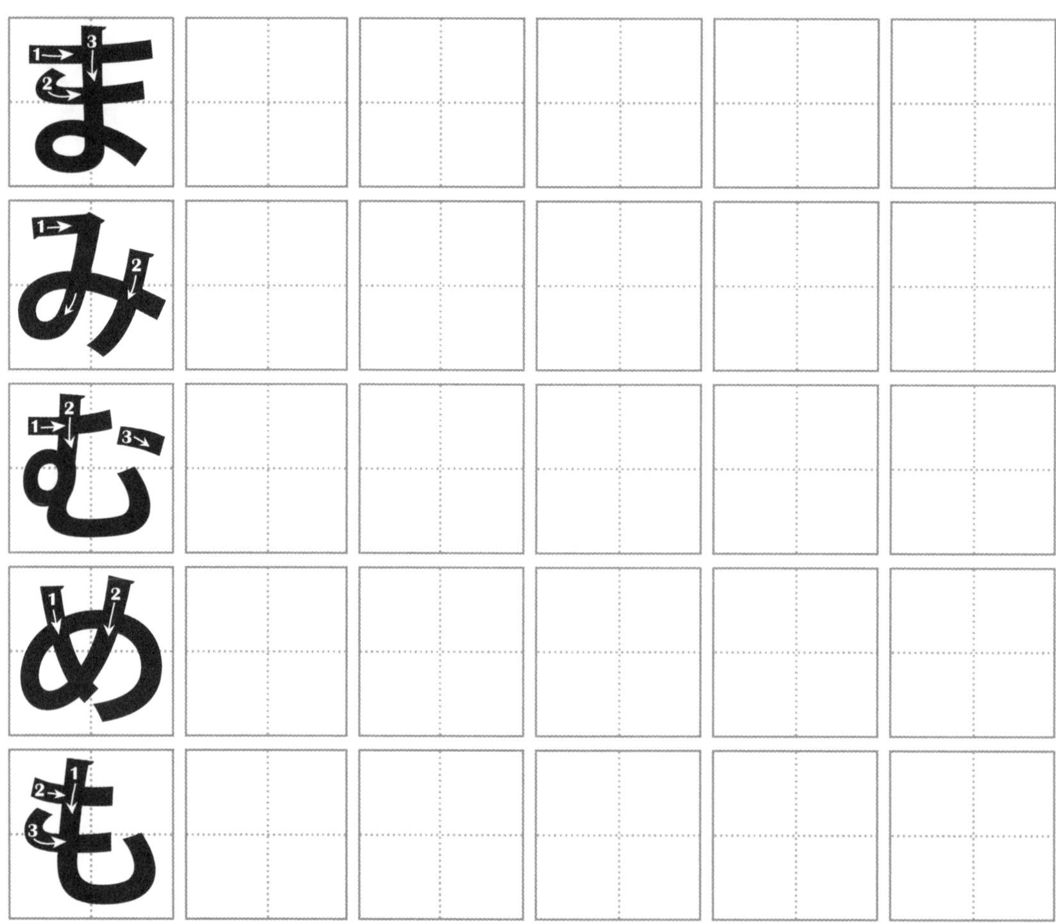

說說看 CD 08

ま	み	む	め	も
1 まくら 枕頭	2 みみ 耳朵	0 むし 蟲	1 め 眼睛	0 もも 桃子

練習

說說看 CD 09

や	ゆ	よ
② やま 山	② ゆき 雪	① よる 晚上

練習

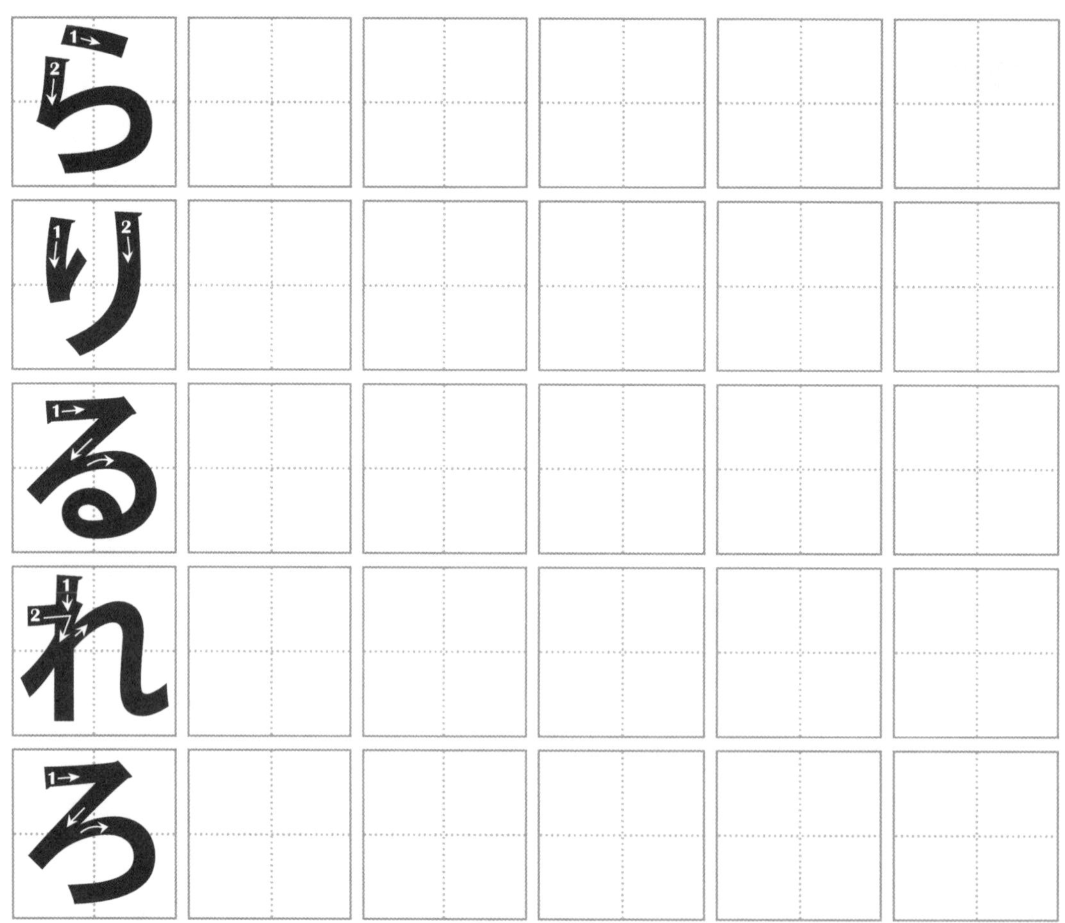

說說看 CD◎10

ら	り	る	れ	ろ
1 らん 蘭花	1 りす 松鼠	1 るす 不在	0 れんあい 戀愛	2 ろく 六

練習

說說看 CD 11

わ	を	ん
① わに 鱷魚	てをあらう 洗手	⓪ おんせん 溫泉

日本的貨幣

Q：您知道一萬日圓的紙鈔上面，印的人物是誰嗎？

A 紫式部　　**B 野口英世**

C 樋口一葉　　**D 福澤諭吉**

在日本消費，不能使用台幣和美金。雖然可以使用信用卡，但是手頭上還是要有日幣，在搭車、買門票、便利商店購物、或是買小東西時才方便。

什麼地方可以兌換日幣呢？台灣各大銀行或是機場的銀行皆可。

日本的紙鈔面額有四種，分別是一萬日圓、五千日圓、二千日圓、和一千日圓。至於硬幣，則有五百日圓、一百日圓、五十日圓、十日圓、五日圓、一日圓六種。那麼您知道一萬日圓紙鈔上的人物是誰嗎？就是明治時代的大思想家、慶義義塾大學的創辦者「**福沢諭吉**（ふくざわ ゆきち）」（福澤諭吉）。

目前台幣和日圓匯率，大約為1比3，也就是三千元台幣，大約可以兌換一萬日圓。可別看一萬日圓好像很多喔！在物價高漲的日本，一萬日圓一旦找開，可是很容易花光的！

解答：D

だいさんか
第三課

ひらがな　だくおん　はんだくおん
平仮名　濁音・半濁音

學習重點！

1. 學習五十音「濁音」與「半濁音」25個字的寫法與發音。
2. 學習此25個「濁音」與「半濁音」的相關單字。

平假名　濁音・半濁音表

	あ段（a）	い段（i）	う段（u）	え段（e）	お段（o）
が行（g）	が ga	ぎ gi	ぐ gu	げ ge	ご go
ざ行（z）	ざ za	じ ji	ず zu	ぜ ze	ぞ zo
だ行（d）	だ da	ぢ ji	づ zu	で de	ど do
ば行（b）	ば ba	び bi	ぶ bu	べ be	ぼ bo
ぱ行（p）	ぱ pa	ぴ pi	ぷ pu	ぺ pe	ぽ po

練習 濁音

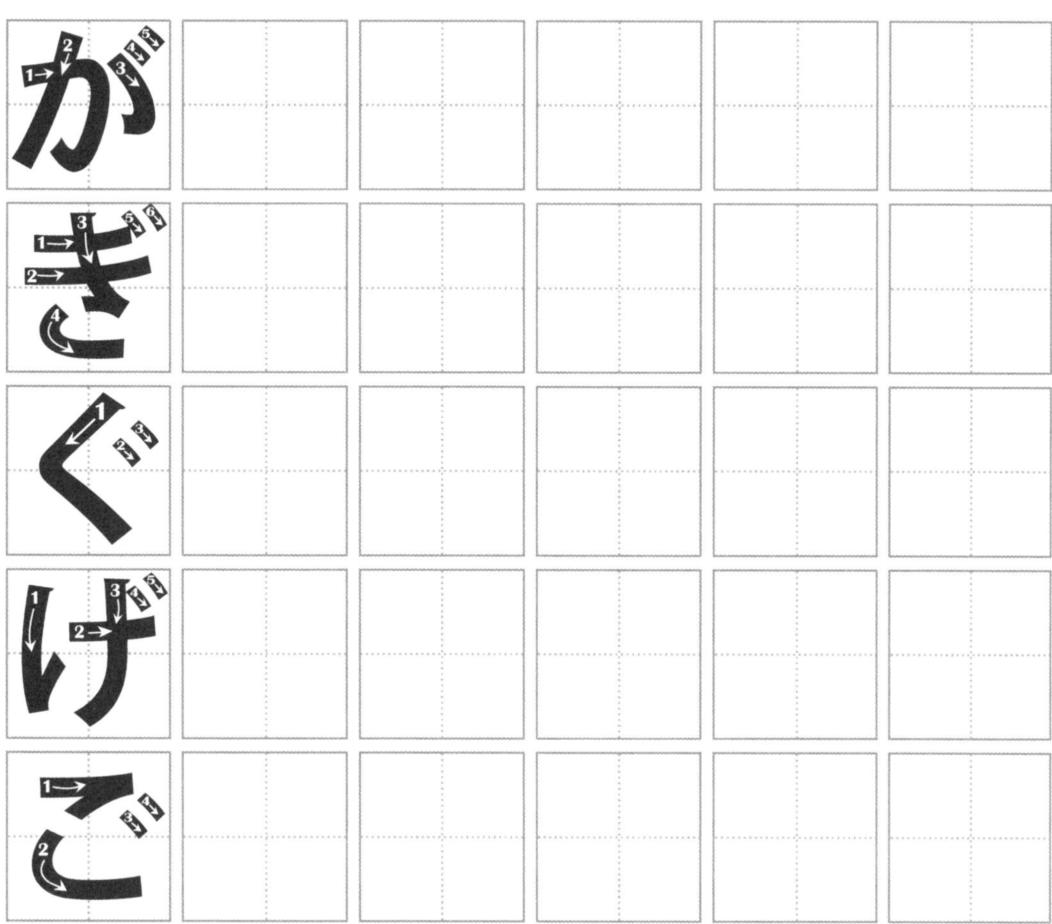

說說看 CD 12

が	ぎ	ぐ	げ	ご
0 がか 畫家	0 ぎんこう 銀行	1 かぐ 家具	0 げた 木屐	0 ごま 芝麻

練習

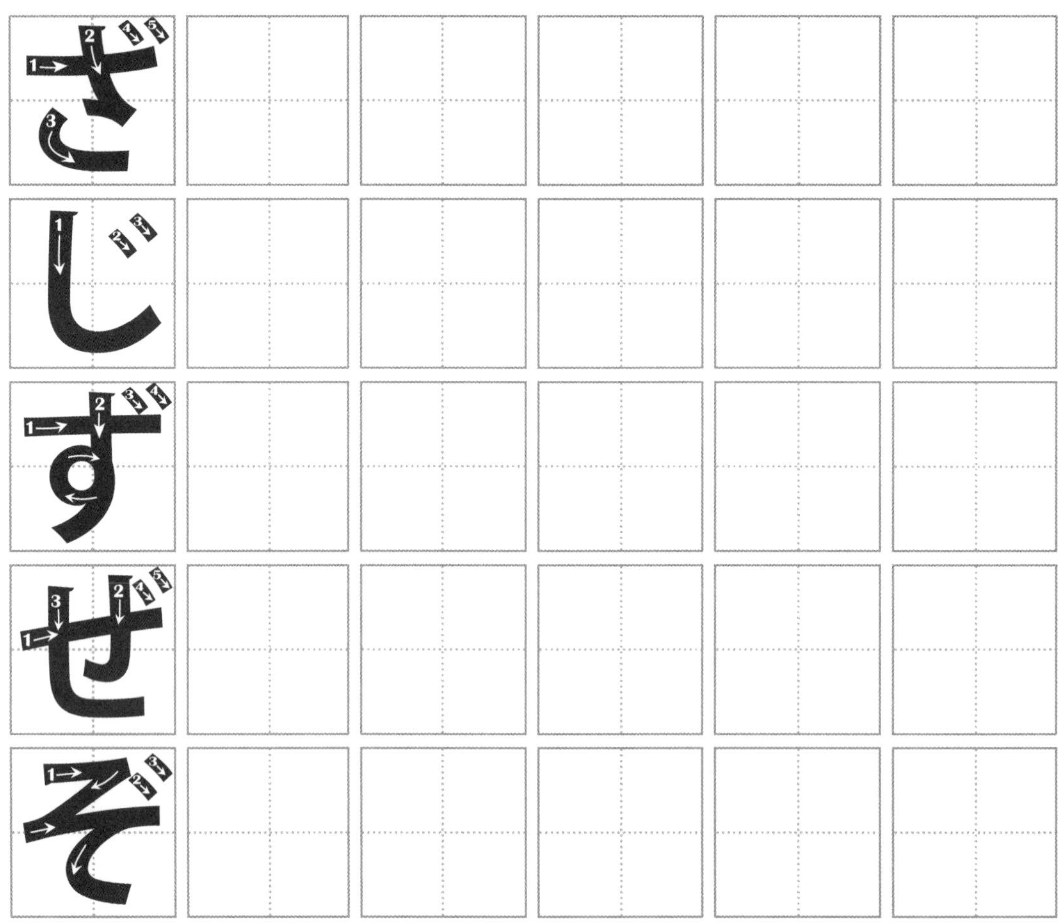

說說看 CD 13

ざ	じ	ず	ぜ	ぞ
0 はいざら 菸灰缸	0 じてん 字典	0 すずめ 麻雀	0 かぜ 風	1 ぞう 大象

練習

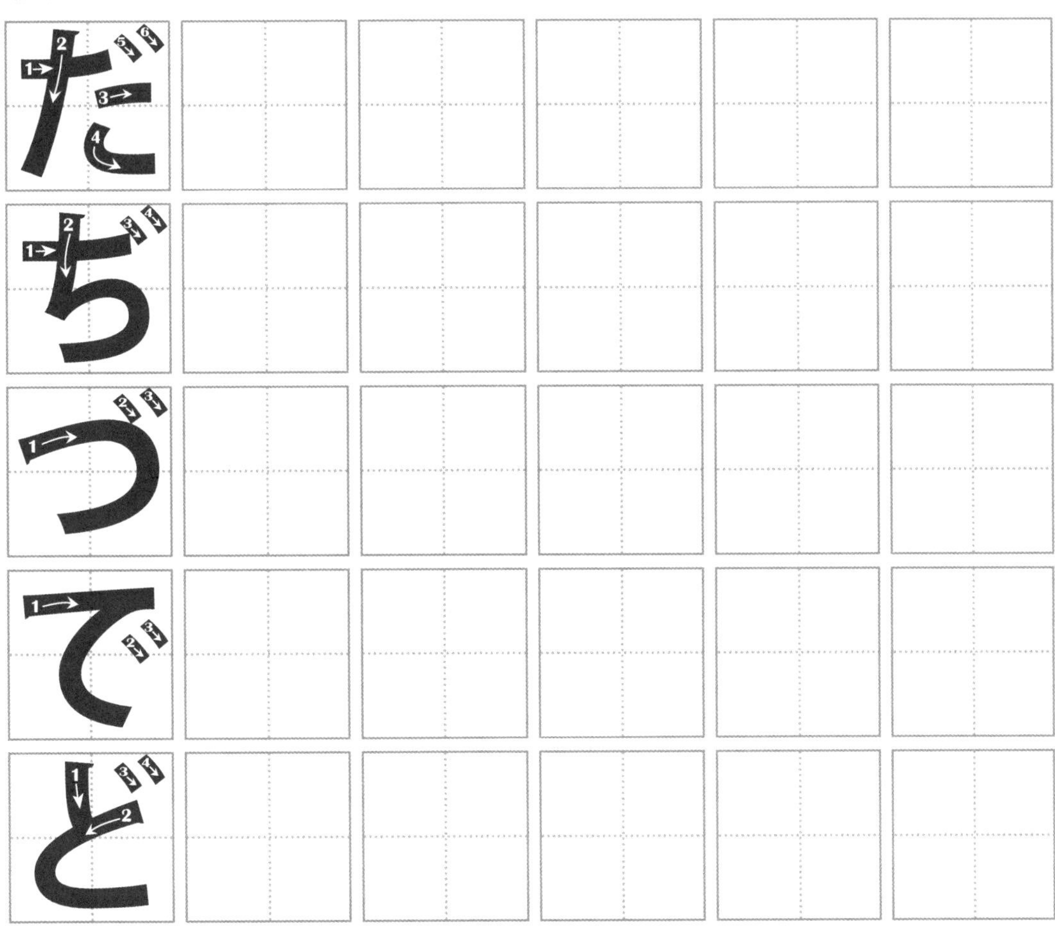

說說看 CD◎14

だ	ぢ	づ	で	ど
0 だんご 糯米糰	0 はなぢ 鼻血	2 こづつみ 包裹	0 でんわ 電話	1 まど 窗戶
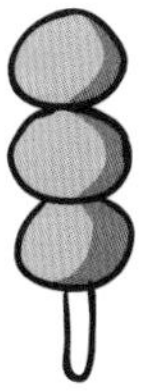		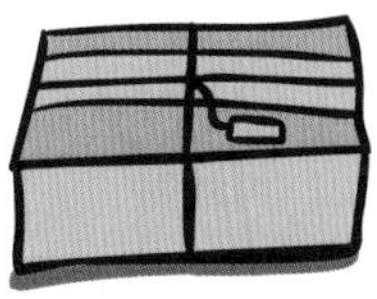		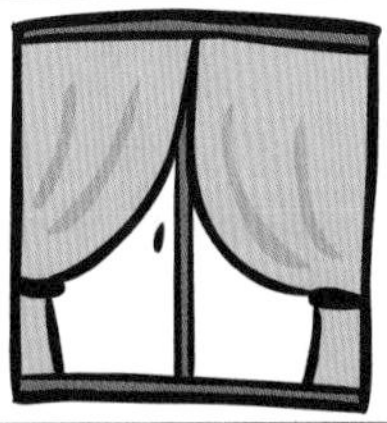

練習

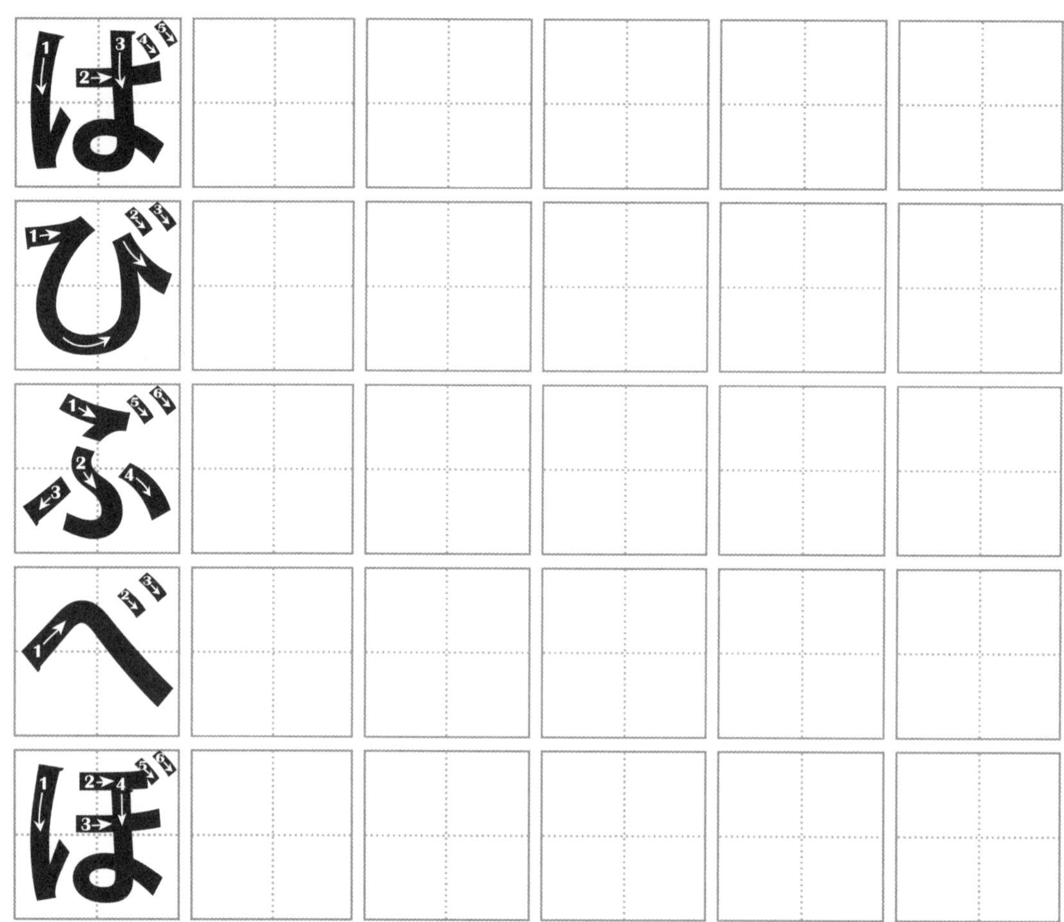

說說看 CD◎15

ば	び	ぶ	べ	ぼ
0 かばん 書包	0 1 びじん 美女	0 ぶた 豬	3 べんとう 便當	0 ぼうし 帽子

練習 半濁音

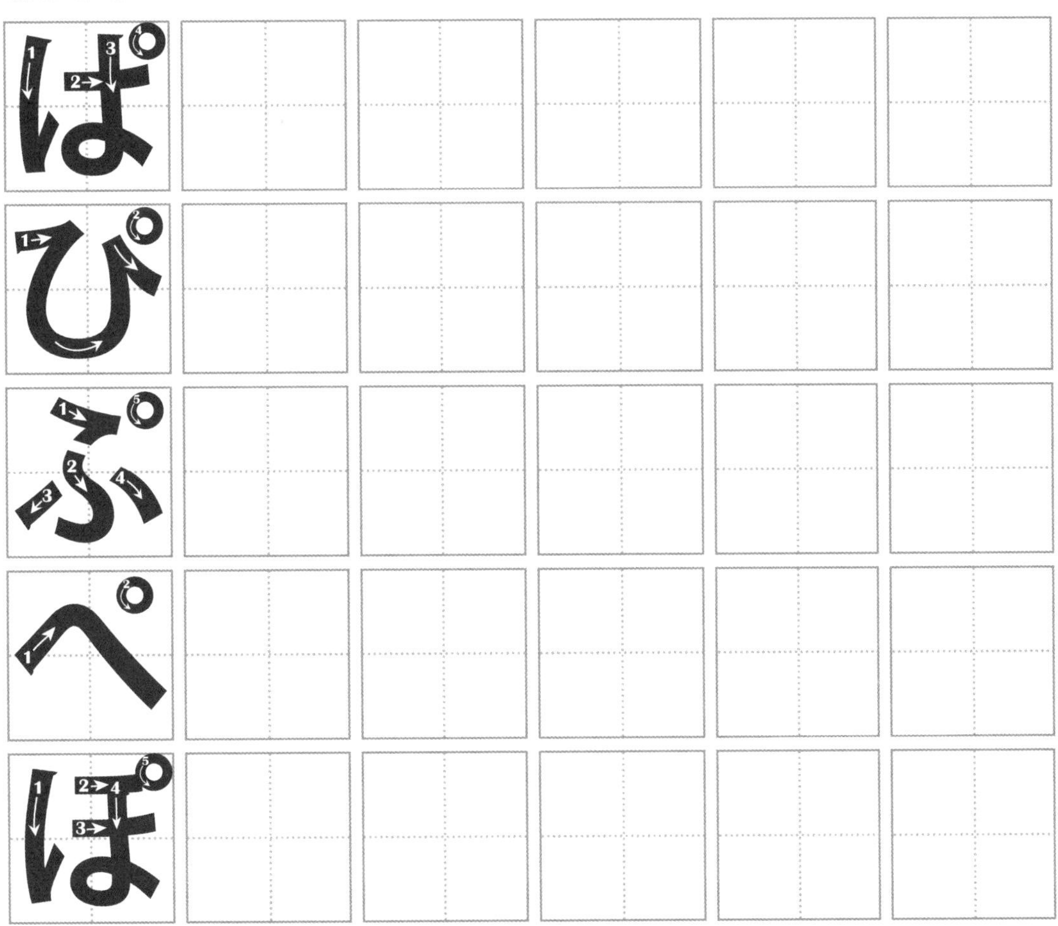

說說看

ぱ	ぴ	ぷ	ぺ	ぽ
1 ぱんだ 貓熊	0 えんぴつ 鉛筆	1 ぷりん 布丁	0 ぺんぎん 企鵝	0 さんぽ 散步

日本的地下鐵

Q：東京的地下鐵中，哪一條路線呈環狀運行？

A JR山手線　　**B** 銀座線

C 丸之內線　　**D** 有樂町線

日本各大都市都有地下鐵，例如東京、橫濱、大阪、京都、名古屋、福岡、仙台等等都市都有。

其中以東京的地下鐵最為複雜，包括「東京地鐵」的銀座線、丸之內線、日比谷線、東西線、千代田線、有樂町線、半藏門線、南北線等八條線路，以及「都營線」的淺草線、三田線、新宿線、大江戶線等四條線路，還有大名鼎鼎、呈環狀運行的「JR山手線」。

由於線路密密麻麻，有如蜘蛛網般縱橫交錯，所以建議您在搭乘之前，最好看清楚怎麼換車，才不會越搭越遠喔！此外，不管是哪一個都市（尤其是東京），搭乘尖峰時間總是擠滿人潮，有些地方甚至必須依賴地鐵站務員推擠，才搭得上車，所以除非想要體驗一下，不然建議您避開。

解答：A

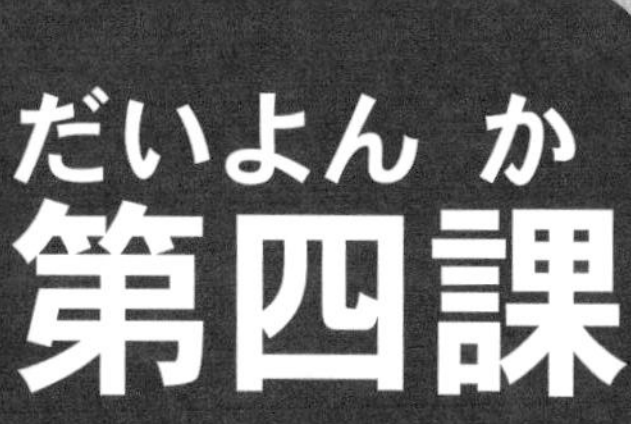

だいよんか 第四課

ひらがな ようおん 平仮名　拗音

學習重點！

1. 學習五十音33個「拗音」的寫法與發音。
2. 學習「拗音」的相關單字。

平假名　拗音表

きゃ kya	きゅ kyu	きょ kyo
しゃ sha	しゅ shu	しょ sho
ちゃ cha	ちゅ chu	ちょ cho
にゃ nya	にゅ nyu	にょ nyo
ひゃ hya	ひゅ hyu	ひょ hyo
みゃ mya	みゅ myu	みょ myo
りゃ rya	りゅ ryu	りょ ryo
ぎゃ gya	ぎゅ gyu	ぎょ gyo
じゃ ja	じゅ ju	じょ jo
びゃ bya	びゅ byu	びょ byo
ぴゃ pya	ぴゅ pyu	ぴょ pyo

練習

說說看 CD 17

きゃ	きゅ	きょ	しゃ	しゅ	しょ
[0] きゃく	[1] きゅうり	[1] きょねん	[1] しゃいん	[1] しゅふ	[0] しょくじ
客人	小黃瓜	去年	職員	主婦	用餐

練習

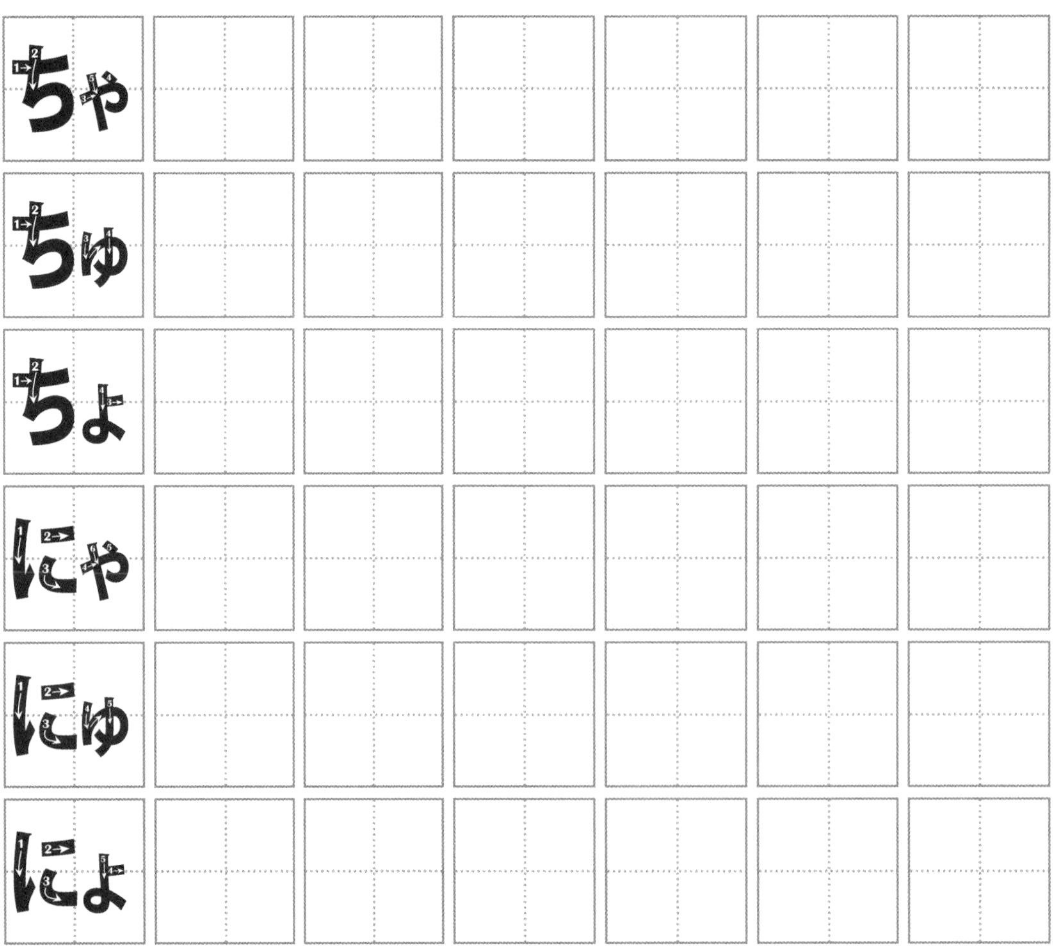

說說看 CD 18

ちゃ	ちゅ	ちょ	にゃ	にゅ	にょ
0 ちゃわん 茶碗	1 ちゅうごく 中國	0 ちょくせん 直線	4 3 こんにゃく 蒟蒻	0 にゅういん 住院	1 にょうぼう 老婆

練習

ひゃ						
ひゅ						
ひょ						
みゃ						
みゅ						
みょ						

說說看 CD 19

ひゃ	ひゅ	ひょ	みゃ	みゅ	みょ
② ひゃく 一百	③ ひゅうがし 日向市（位於日本宮崎縣北部）	① ひょう 豹	② みゃく 脈搏		① みょうじ 姓
100					木村

練習

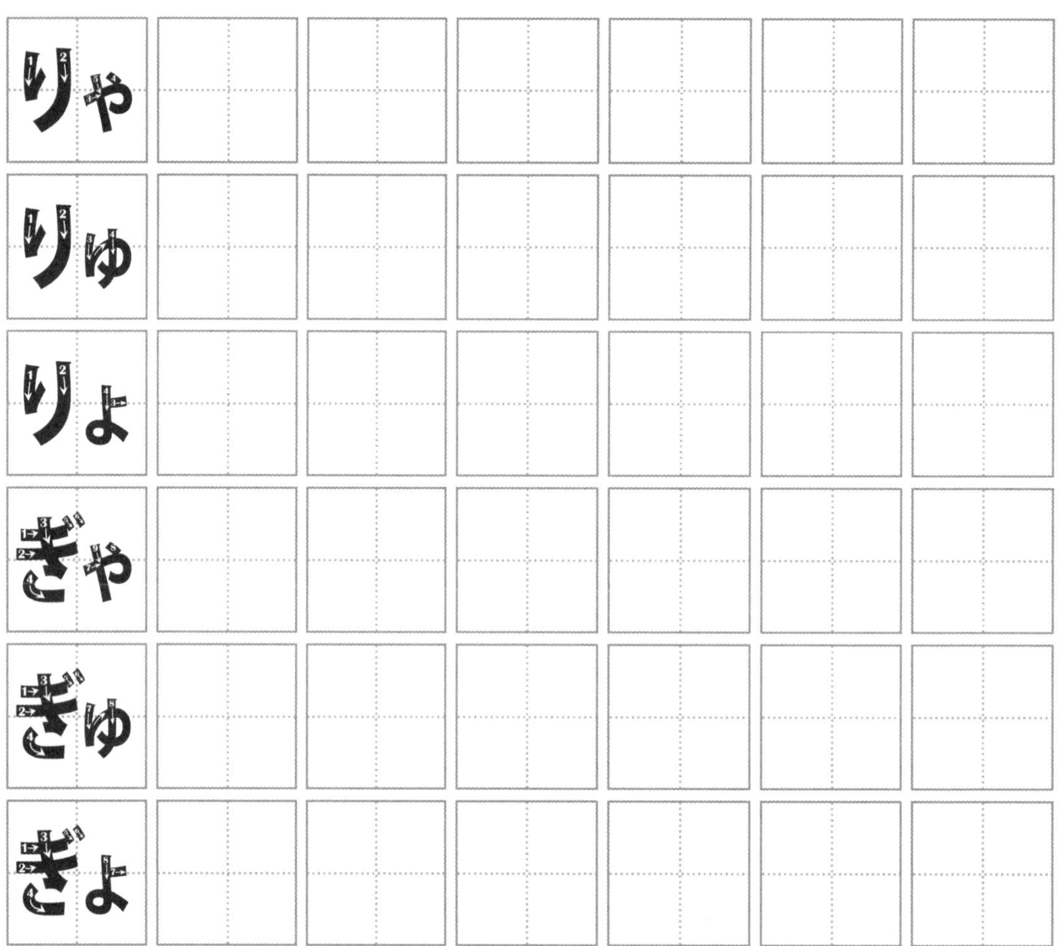

說說看 CD 20

りゃ	りゅ	りょ	ぎゃ	ぎゅ	ぎょ
②①りゃく 省略	⓪りゅうがく 留學	①りょうり 料理	⓪ぎゃく 相反	⓪ぎゅうにく 牛肉	①ぎょく 玉
スーパー（マーケット）	bye!				

練習

說說看

CD 21

じゃ	じゅ	じょ	びゃ	びゅ	びょ
0 じゃがいも 馬鈴薯	1 じゅく 補習班	0 じょせい 女性	1 さんびゃく 三百	0 びゅうけん 錯誤見解	0 びょういん 醫院

練習

說說看 CD 22

ぴゃ	ぴゅ	ぴょ
0 ろっぴゃく 六百	1 ぴゅうぴゅう 咻咻，形容強風吹的樣子	1 ぴょんぴょん 輕快蹦跳的樣子

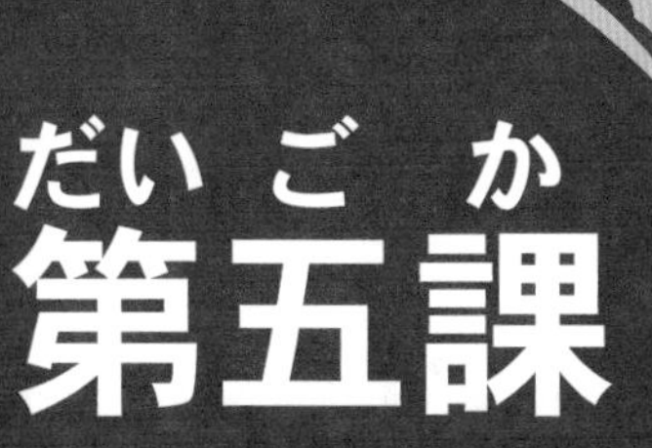

だいごか
第五課

ちょうおん そくおん
長音・促音・アクセント

學習重點！

❶ 學習「長音」的發音方法。

❷ 學習「促音」的寫法，以及發音方法。

❸ 學習「重音」的發音規則。

促音表

平假	片假
っ	ッ
t	

長音表（僅列出清音，濁音、半濁音、拗音的長音規則皆同）

	あ段（a）		い段（i）		う段（u）		え段（e）		お段（o）	
	平假	片假	平假	片假	平假	片假	平假	片假	平假	片假
あ行	ああ	アー	いい	イー	うう	ウー	えい / ええ	エー	おう / おお	オー
	a.a		i.i		u.u		e.e		o.o	
か行（k）	かあ	カー	きい	キー	くう	クー	けい / けえ	ケー	こう / こお	コー
	ka.a		ki.i		ku.u		ke.e		ko.o	
さ行（s）	さあ	サー	しい	シー	すう	スー	せい / せえ	セー	そう / そお	ソー
	sa.a		shi.i		su.u		se.e		so.o	
た行（t）	たあ	ター	ちい	チー	つう	ツー	てい / てえ	テー	とう / とお	トー
	ta.a		chi.i		tsu.u		te.e		to.o	
な行（n）	なあ	ナー	にい	ニー	ぬう	ヌー	ねい / ねえ	ネー	のう / のお	ノー
	na.a		ni.i		nu.u		ne.e		no.o	
は行（h）	はあ	ハー	ひい	ヒー	ふう	フー	へい / へえ	ヘー	ほう / ほお	ホー
	ha.a		hi.i		fu.u		he.e		ho.o	
ま行（m）	まあ	マー	みい	ミー	むう	ムー	めい / めえ	メー	もう / もお	モー
	ma.a		mi.i		mu.u		me.e		mo.o	
や行（y）	やあ	ヤー			ゆう	ユー			よう / よお	ヨー
	ya.a				yu.u				yo.o	
ら行（r）	らあ	ラー	りい	リー	るう	ルー	れい / れえ	レー	ろう / ろお	ロー
	ra.a		ri.i		ru.u		re.e		ro.o	
わ行（w）	わあ	ワー								
	wa.a									

長音

發音規則：長音是延長前面字母的發音，本身不發音，算一拍。

說說看

[2] おとうさん 父親、爸爸	[2] おかあさん 母親、媽媽	[2] おじいさん 爺爺	[2] おばあさん 奶奶
[4] いもうと 妹妹	[4] おとうと 弟弟	[2] おねえさん 姊姊	[2] おにいさん 哥哥
[3] せんせい 老師	[0] こうちゃ 紅茶	[0] えいご 英語	[3] おいしい 好吃

比較

{おばさん（阿姨）
おばあさん（奶奶）

{おじさん（叔叔）
おじいさん（爺爺）

{とり（小鳥）
とおり（馬路）

促音

發音規則：促音本身不發音，只是一個短暫的停頓 ，但算一拍 ，寫成「っ」（小的「つ」）。

說說看 CD 24

③⓪ きって 郵票	④③ がっこう 學校	⓪ せっけん 肥皂
⓪ おっと 丈夫	⓪ ざっし 雜誌	⓪ いっぴき 一隻、一頭
② あさって 後天	⓪ いっかい 一次、一樓	⓪ はっぴゃく 八百

比較

{おと（聲音）
{おっと（丈夫）

{すぱい（間諜）
{すっぱい（酸的）

{きて（過來！）
{きって（郵票）

重音

發音規則：日文重音（アクセント）是各音節間的高低，不是輕重。可分為平板型（⓪號音）、頭高型（①號音）、中高型及尾高型（②③④⑤……）等。

說說看 CD 25

平板型（⓪號音）

⓪くるま	⓪いぬ	⓪きく
車子	狗	菊花

頭高型（①號音）

①かさ	①さる	①たこ
雨傘	猴子	章魚

中高型（②或③或④……號等音）

②にほん	②としょかん	③おてあらい
日本	圖書館	洗手間

尾高型（②或③或④……號等音）

② うち 家	② かぎ 鑰匙	③ あたま 頭

だいろっ か
第六課

かたかな　せいおん　いち
片仮名　清音（一）

學習重點！

1. 外來語多用於從外國傳來的語彙上，本課先學習五十音之片假名「清音」中，「ア、カ、サ、タ、ナ」行25個片假名的寫法與發音。
2. 學習此25個片假名的相關單字。

片假名　清音表（一）

	ア段（a）	イ段（i）	ウ段（u）	エ段（e）	オ段（o）
ア行	ア a	イ i	ウ u	エ e	オ o
カ行（k）	カ ka	キ ki	ク ku	ケ ke	コ ko
サ行（s）	サ sa	シ shi	ス su	セ se	ソ so
タ行（t）	タ ta	チ chi	ツ tsu	テ te	ト to
ナ行（n）	ナ na	ニ ni	ヌ nu	ネ ne	ノ no

練習

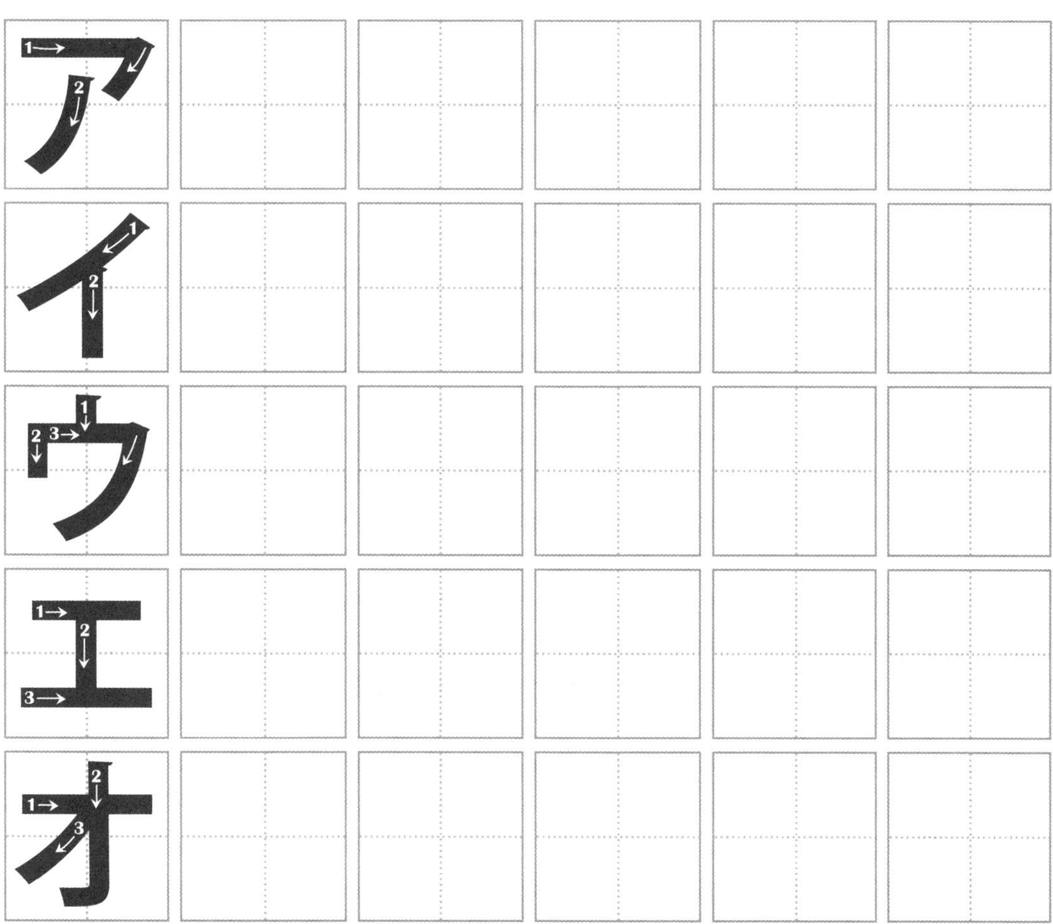

說說看 CD 26

ア	イ	ウ	エ	オ
0 アイロン 熨斗 	0 1 インク 墨水 	3 ウーロンチャ 烏龍茶 	1 エプロン 圍裙 	3 オートバイ 機車 

練習

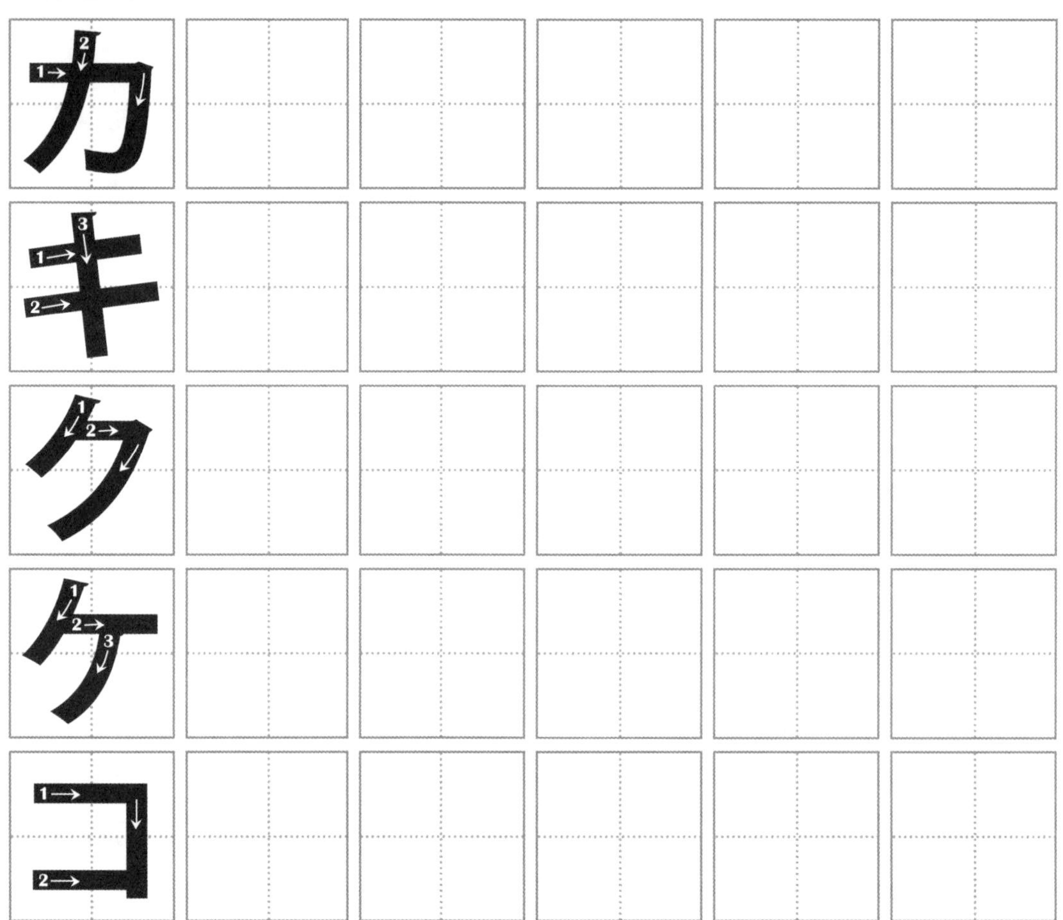

說說看 CD 27

カ	キ	ク	ケ	コ
1 カメラ 照相機	1 キス 吻	1 クーラー 冷氣	1 ケーキ 蛋糕	0 コップ 杯子

練習

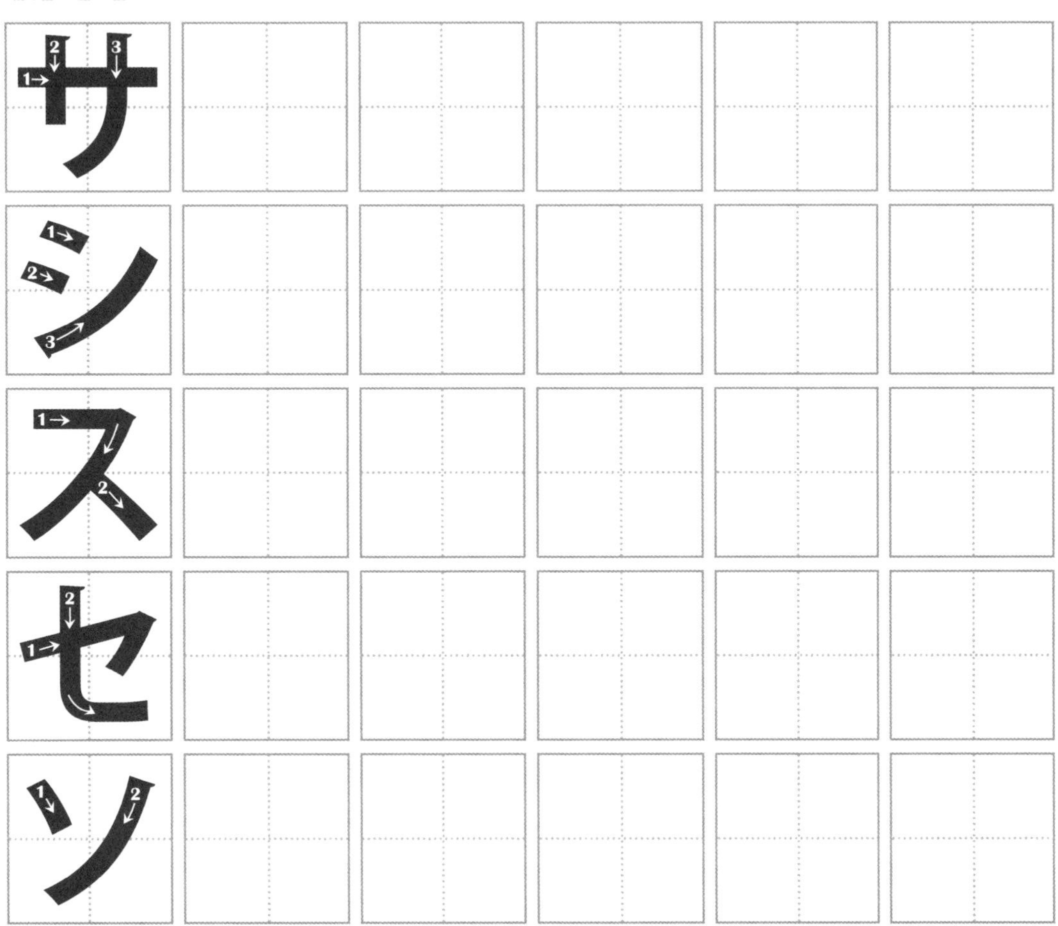

說說看 CD 28

サ	シ	ス	セ	ソ
① サイズ 尺寸	① システム 系統	② スキー 滑雪	① セール 拍賣	① ソース 調味醬汁
			SALE	

練習

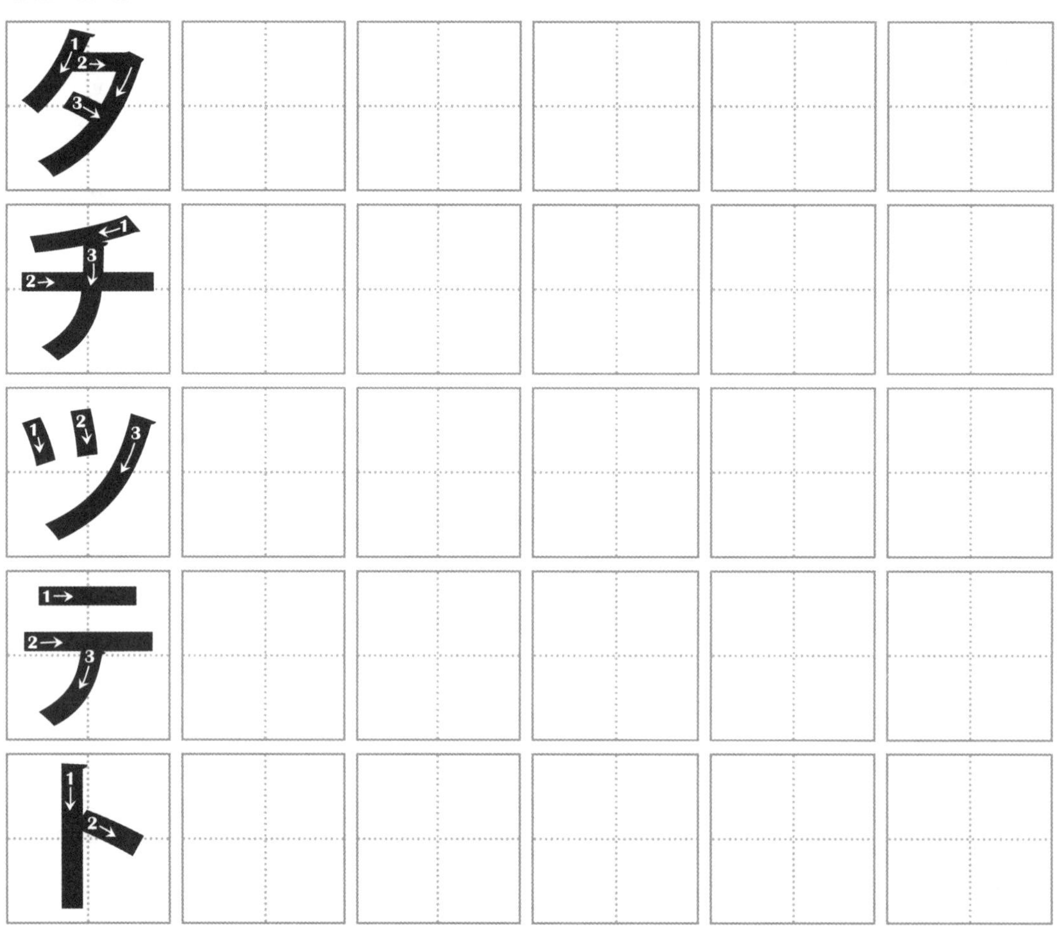

說說看 CD 29

タ	チ	ツ	テ	ト
1 ライター 打火機	1 チーズ 起司	1 ツアー 旅行（跟團）	1 テスト 測驗	1 トイレ 廁所
			TEST	

練習

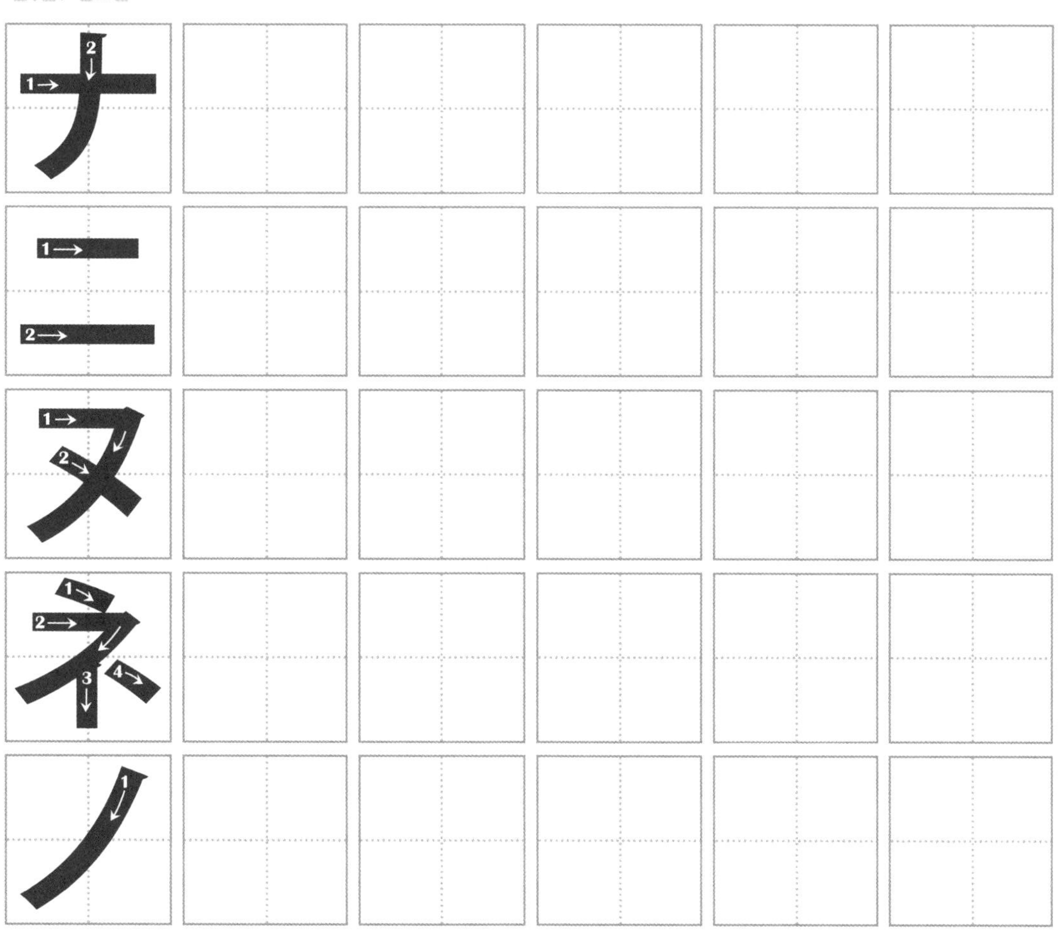

說說看 CD 30

ナ	ニ	ヌ	ネ	ノ
① ナイフ 刀	① ソニー 新力（公司名）	① カヌー 獨木舟	① ネクタイ 領帶	① ノート 筆記本
	SONY			

日本的住宿

Q：住宿日式房間時，須注意何種禮節？

A 脫鞋後才可入室　**B** 脫好的鞋子鞋尖朝內

C 自己鋪床　**D** 以上皆是

您曾經到日本觀光或考察過嗎？如果您拜訪的是大都市，那麼住宿的地方，應該屬於西式的「**ホテル**」（飯店）。一般飯店的客房，雖然有等級之分，但大致區分為「**シングルルーム**」（單人房）、「**ダブルルーム**」（一張大床的二人房）、「**ツインルーム**」（二張床的雙人房）幾種，在預約時就要決定。

如果您有機會到溫泉區一遊，則可選擇有別於西式飯店的另一種住宿，那就是「**旅館**（りょかん）」（旅館）。旅館的構造和設備，均以和式為主。住宿這樣的日式房間時，必須注意要在玄關脫鞋之後，才可進入，以免弄髒榻榻米。而脫好的鞋子，也必須雙腳併攏、鞋尖朝外，這是日本人的禮節。入門之後，便可以輕鬆享受和式桌上已備好的日本茶和小茶點。過一回兒，工作人員還會詢問何時來鋪床，不需要自己動手。是不是很幸福呢？

解答：A

だいななか
第七課

かたかな　せいおん　に
片仮名　清音（二）

學習重點！

❶ 學習五十音之片假名「清音」中，「ハ、マ、ヤ、ラ、ワ」行20個字，以及鼻音「ン」的寫法與發音。

❷ 學習此21個片假名的相關單字。

片假名　清音表（二）

	ア段（a）	イ段（i）	ウ段（u）	エ段（e）	オ段（o）
ハ行（h）	ハ ha	ヒ hi	フ fu	ヘ he	ホ ho
マ行（m）	マ ma	ミ mi	ム mu	メ me	モ mo
ヤ行（y）	ヤ ya		ユ yu		ヨ yo
ラ行（r）	ラ ra	リ ri	ル ru	レ re	ロ ro
ワ行（w）	ワ wa				ヲ o
	ン n				

練習

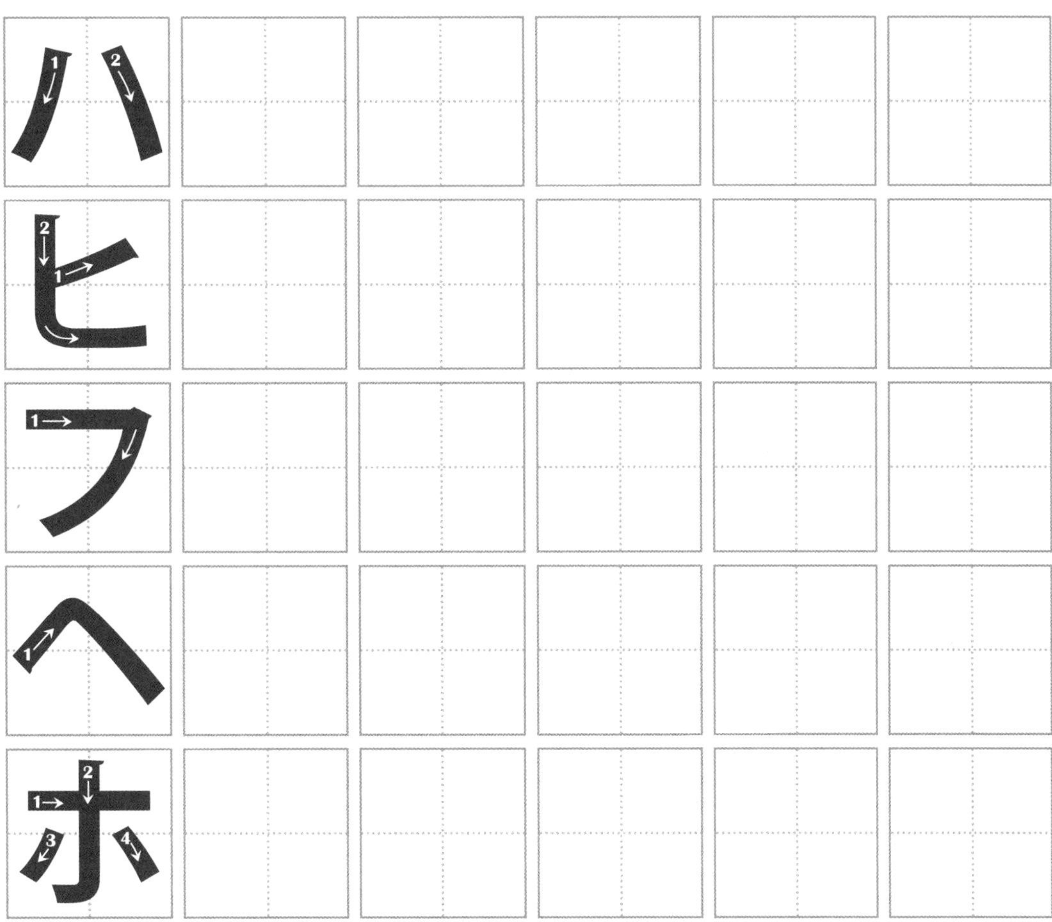

說說看 CD 31

ハ	ヒ	フ	ヘ	ホ
1 ハワイ 夏威夷	1 ヒーター 暖氣	0 フランス 法國	1 ヘアー 頭髮	1 ホテル 飯店、旅館

練習

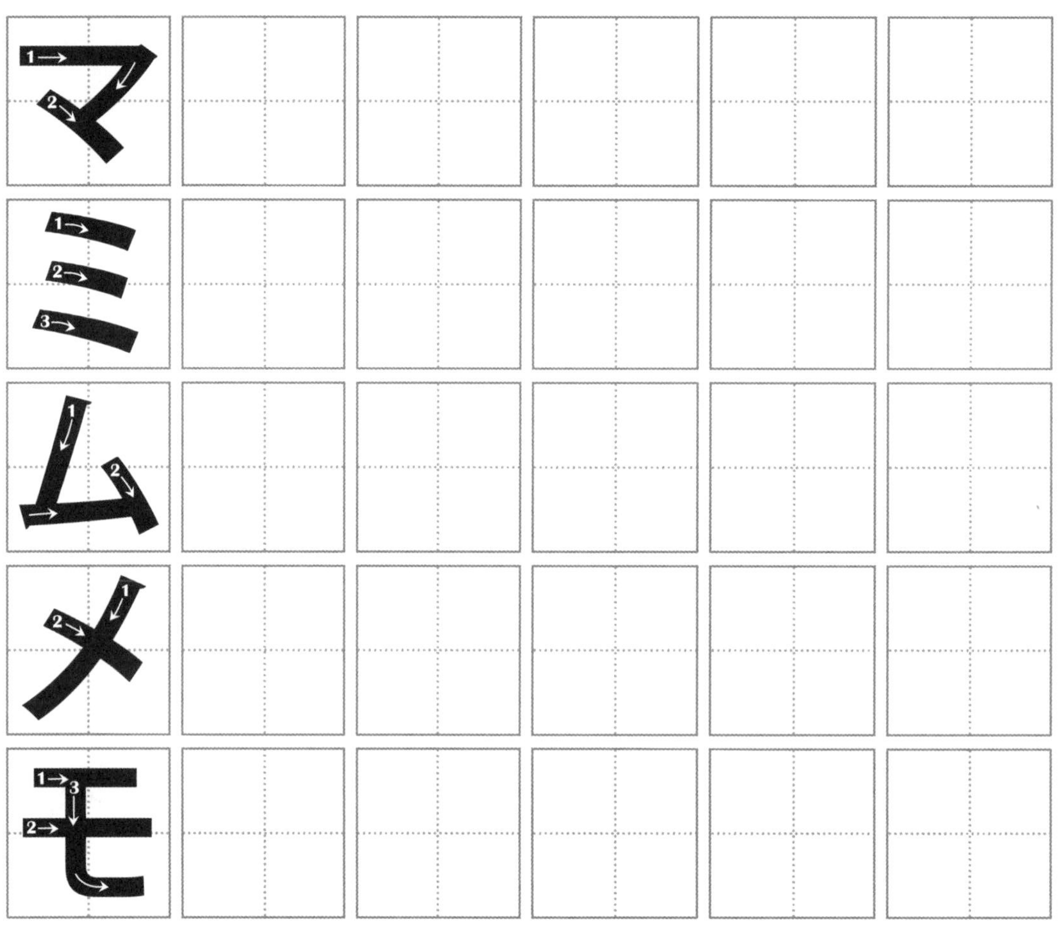

說說看 CD 32

マ	ミ	ム	メ	モ
1 マイク 麥克風	1 ミルク 牛奶	1 ハム 火腿	1 メモ 筆記	1 モーニング 早上

練習

說說看 CD 33

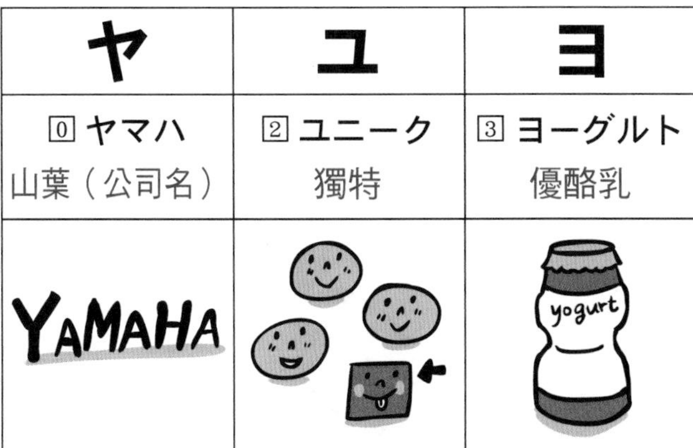

ヤ	ユ	ヨ
⓪ ヤマハ 山葉（公司名）	② ユニーク 獨特	③ ヨーグルト 優酪乳
YAMAHA		yogurt

練習

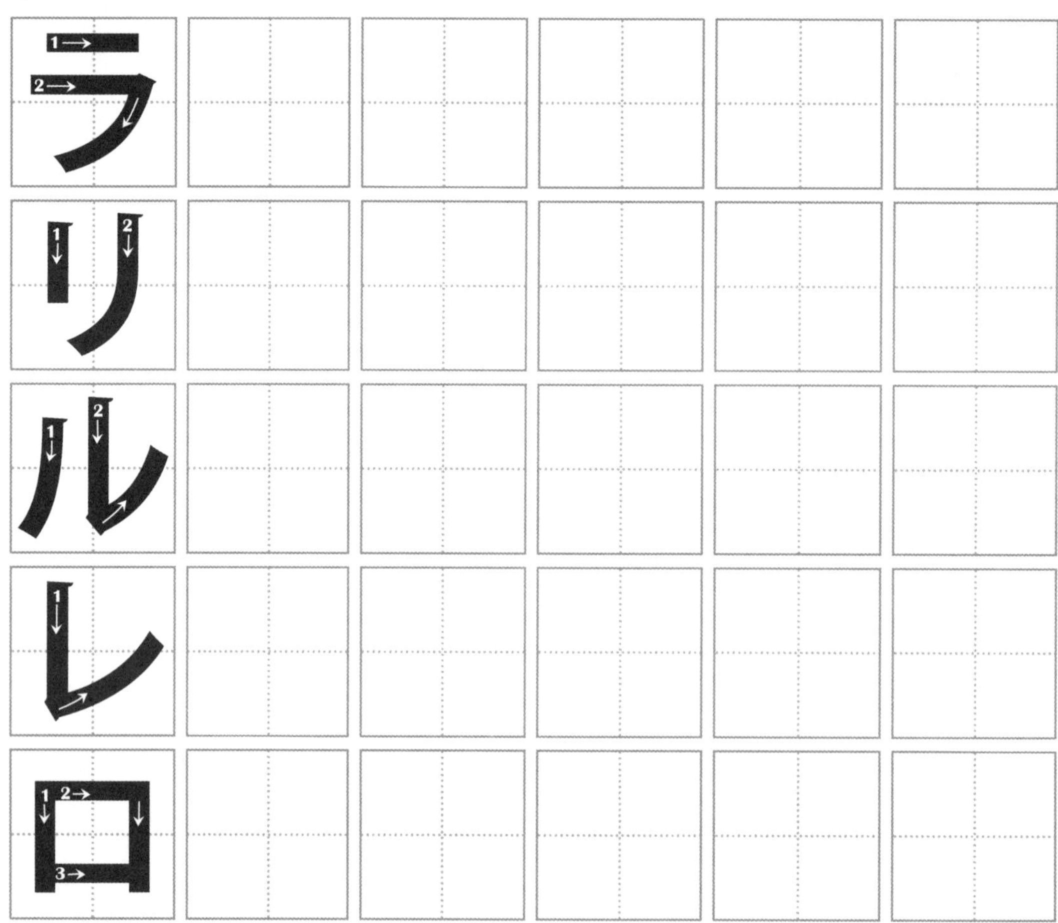

說說看 CD 34

ラ	リ	ル	レ	ロ
① ライス 米	① リスト 清單	① ルール 規則	① レモン 檸檬	① ローマ 羅馬
	1. 2. 3. 4. 5. 6.	Rule 1. 2. 3.		Rome

練習

說說看 CD 35

ワ	ヲ	ン
1 ワイン 葡萄酒		1 パン 麵包

富士山＆「合目」

Q：富士山屬於哪一類型的山？

A 活火山　　**B 死火山**

C 休火山　　**D 普通的山**

日本的聖山「富士山」，橫跨「靜岡縣」和「山梨縣」，標高三七七六公尺，是日本最高峰，也是一座活火山。

由於富士山是活火山，所以前往觀光的同時，也可享受洗溫泉的樂趣。另外由「**本栖湖**」（本栖湖）、「**精進湖**」（精進湖）、「**西湖**」（西湖）、「**河口湖**」（河口湖）、「**山中湖**」（山中湖）組成的「**富士五湖**」（富士五湖），隸屬於「**富士箱根伊豆国立公園**」（富士箱根伊豆國立公園），都是火山爆發後形成的湖泊，建議您不要錯過在高山湖泊上搭船的行程，因為那裡的山光水色，實在教人流連忘返。

此外，到富士山也可以從事爬山活動。在爬山時，所謂的「六合目」、「八合目」等等的「合目」，指的是爬到的位置。最高的地方是「十合目」，「一合目」就是大約爬了十分之一的高度。這種計算方式，是不是很有趣呢？

解答：A

だいはっか
第八課

かたかな　だくおん・はんだくおん
片仮名　濁音・半濁音

學習重點！

1. 學習五十音之片假名「濁音」與「半濁音」25個字的寫法與發音。
2. 學習此25個「濁音」與「半濁音」的相關單字。

片假名　濁音・半濁音表

	あ段（a）	い段（i）	う段（u）	え段（e）	お段（o）
ガ行（g）	ガ ga	ギ gi	グ gu	ゲ ge	ゴ go
ザ行（z）	ザ za	ジ ji	ズ zu	ゼ ze	ゾ zo
ダ行（d）	ダ da	ヂ ji	ヅ zu	デ de	ド do
バ行（b）	バ ba	ビ bi	ブ bu	ベ be	ボ bo
パ行（p）	パ pa	ピ pi	プ pu	ペ pe	ポ po

練習 濁音

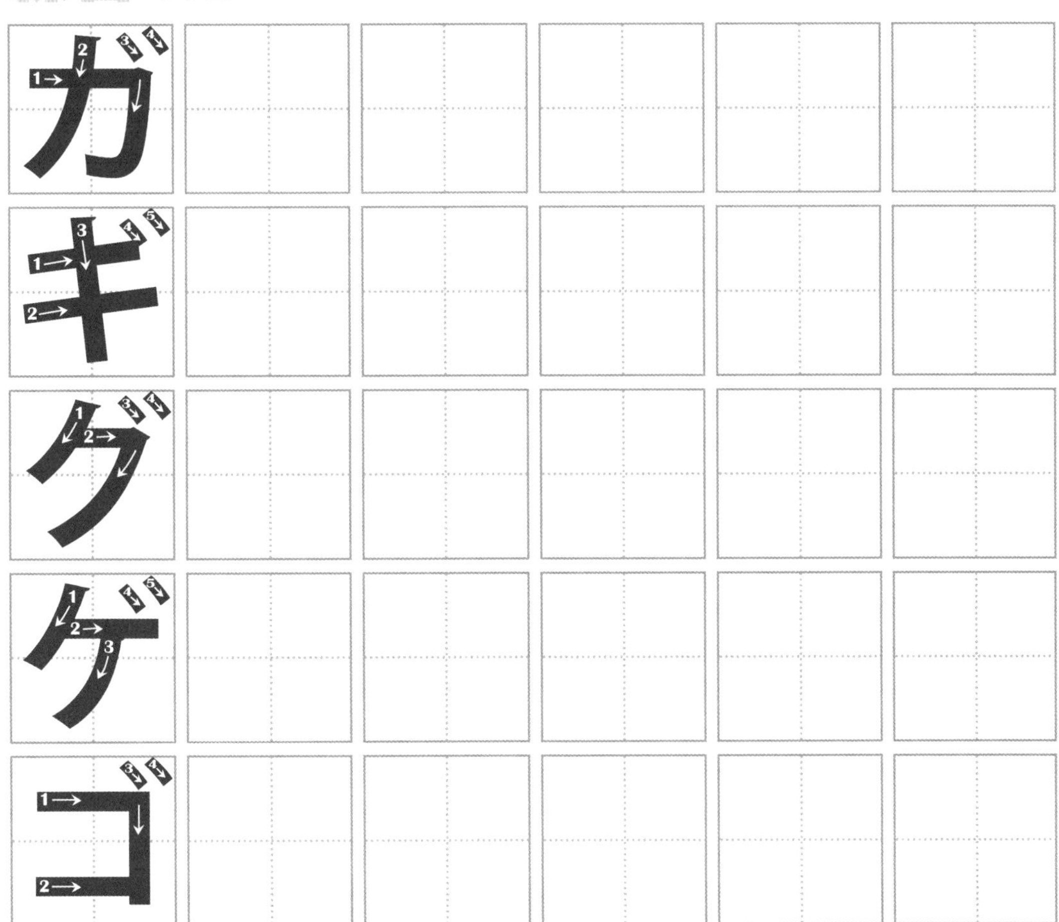

說說看 CD 36

ガ	ギ	グ	ゲ	ゴ
[1] ガイド 導遊	[1] ギター 吉他	[0][1] グラス 玻璃杯	[1] ゲーム 遊戲	[1] ゴム 橡膠、橡皮筋

練習

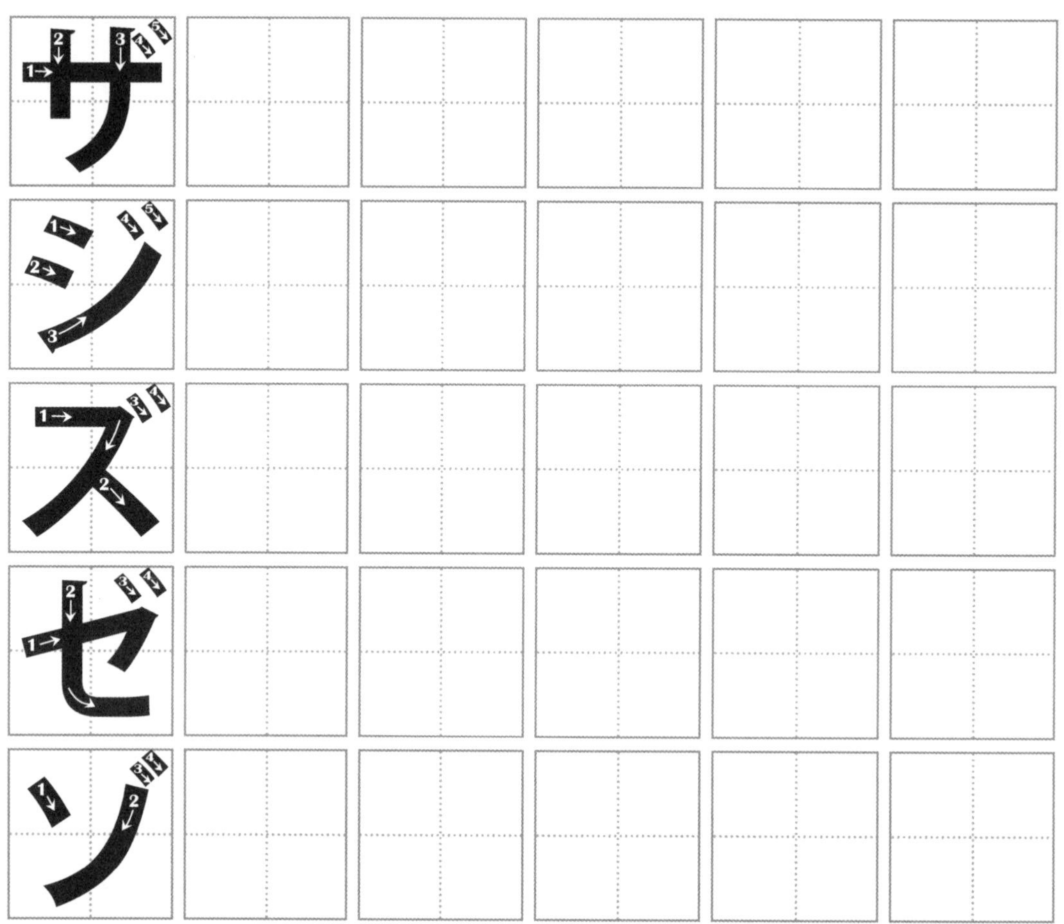

說說看 CD 37

ザ	ジ	ズ	ゼ	ゾ
① ザイル 繩索	① ジープ 吉普車	② ズボン 褲子	① ゼロ 零	① ゾーン 區域

練習

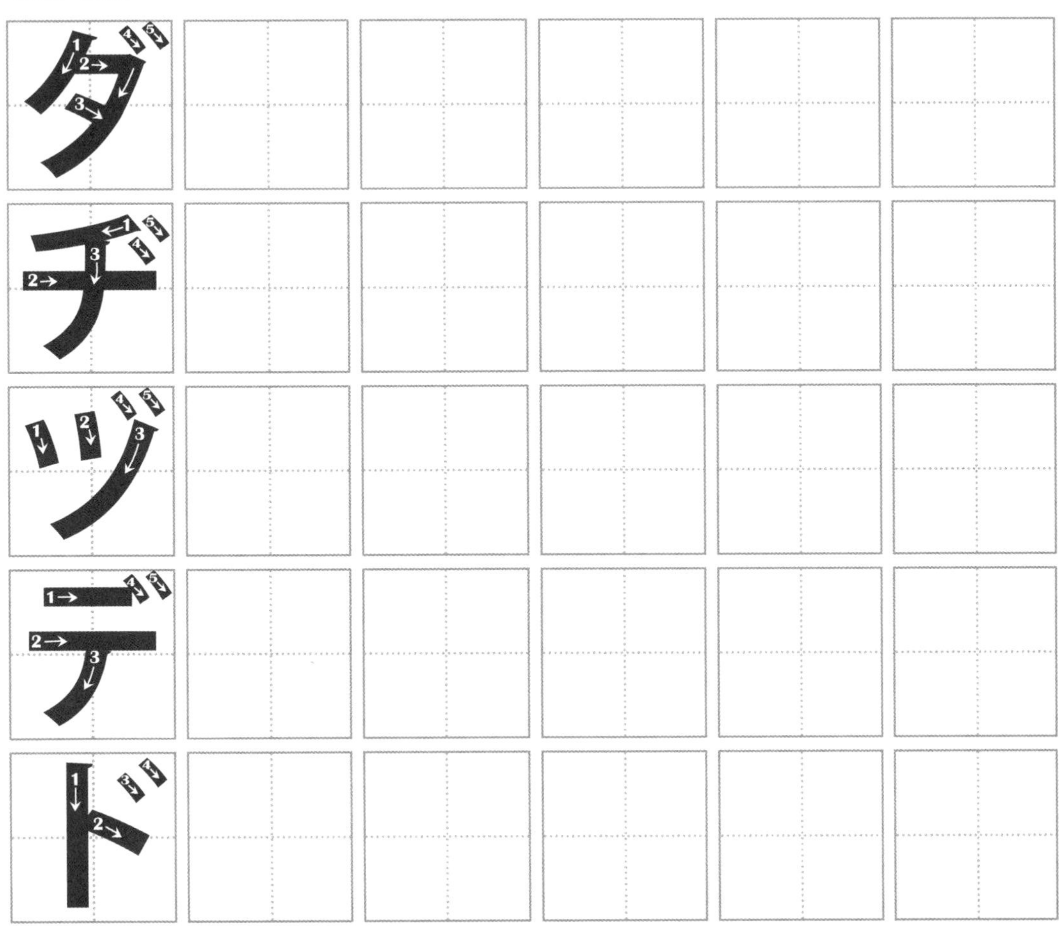

說說看 CD 38

ダ	ヂ	ヅ	デ	ド
1 ダンス 跳舞			2 デパート 百貨公司	1 ドア 門

練習

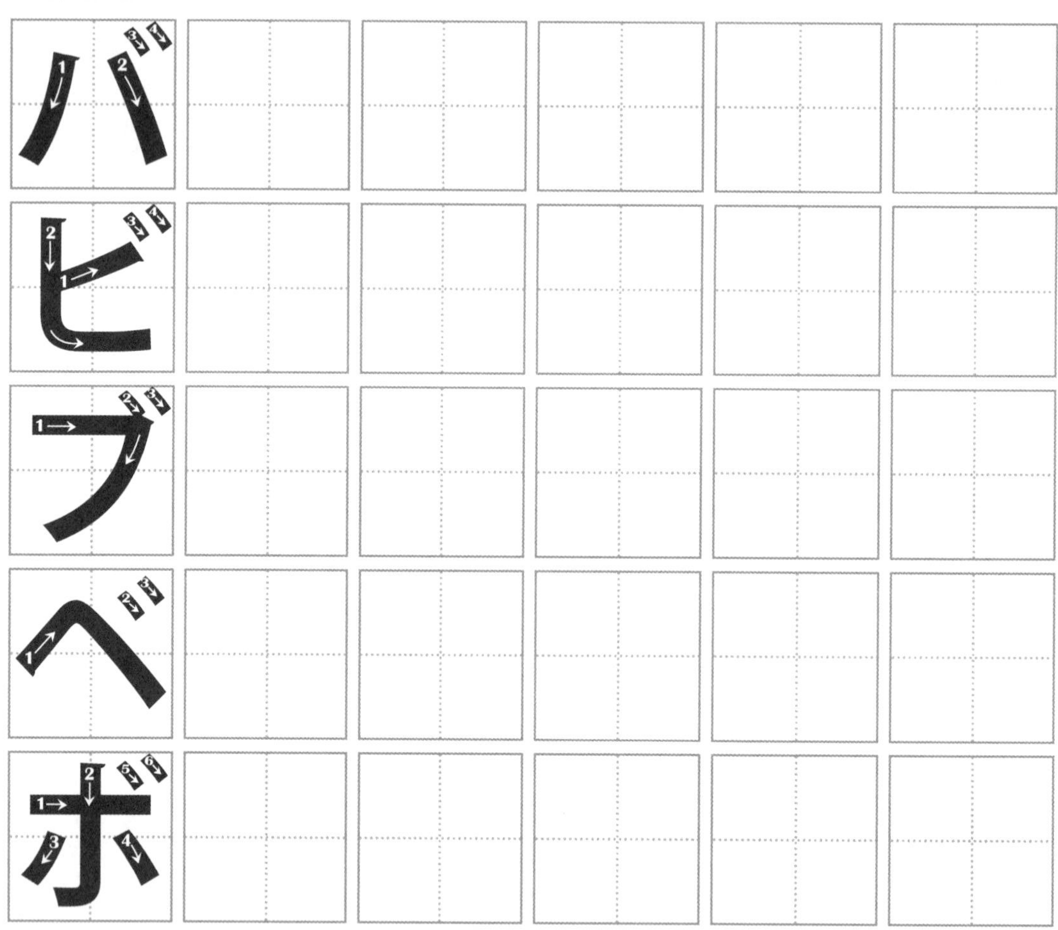

說說看 CD 39

バ	ビ	ブ	ベ	ボ
1 バナナ 香蕉	1 ビール 啤酒	1 ブーツ 靴子	0 ベルト 皮帶	0 ボール 球

練習　半濁音

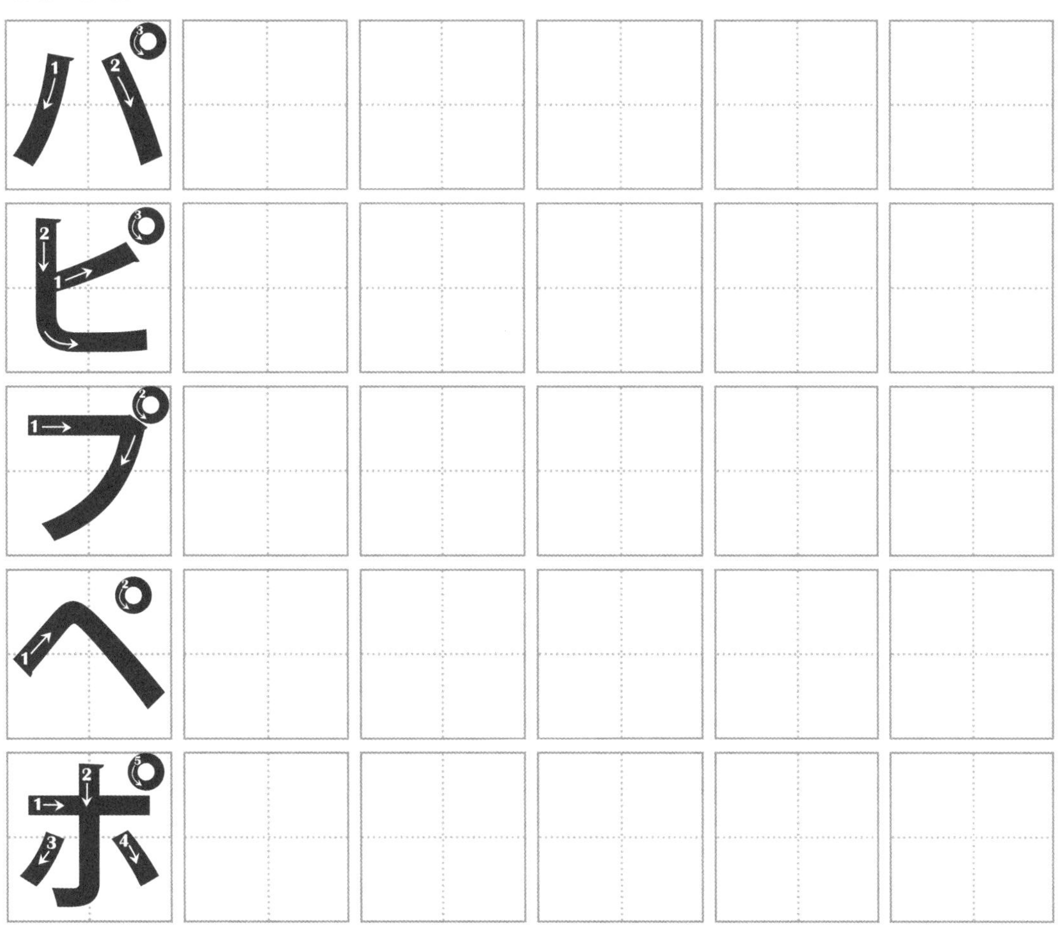

說說看　CD 40

パ	ピ	プ	ペ	ポ
1 パンダ 貓熊	0 ピアノ 鋼琴	1 プール 游泳池	1 ペット 寵物	1 ポスター 海報

日本的「神社」和「寺廟」

Q：參拜日本寺廟時，下列何者不是正確的儀式？

A 洗手 **B 投錢到「油錢箱」**

C 雙手合十參拜 **D 擊掌參拜**

很多讀者弄不清日本「神社」（**神社**）和「寺廟」（**お寺**）的差別，其實區分起來不難，只要先知道「神社」是日本神道信仰的宗教設施，而「寺廟」是佛教的廟宇即可。

此外，一般在參拜神社時，都會先經過紅色的「**鳥居**」（類似牌坊的門），接著在「**手水舎**」（洗手處）洗洗手，然後把錢投進「**賽銭箱**」（油錢箱）裡，對著神體「啪、啪」地拍兩次手，最後再行一次禮，即完成儀式。

至於到寺廟時，則是先經過「**山門**」（寺廟正門），之後洗洗手，把錢投進油錢箱，再對著佛像雙手合十參拜。注意！寺廟不是神社，參拜時不可擊掌，千萬別弄錯喔！

解答：D

だいきゅう か
第九課

かたかな　　ようおん
片仮名　拗音

學習重點！

1. 學習五十音之片假名33個「拗音」的寫法與發音。
2. 學習「拗音」的相關單字。

片假名　拗音表

キャ kya	キュ kyu	キョ kyo
シャ sha	シュ shu	ショ sho
チャ cha	チュ chu	チョ cho
ニャ nya	ニュ nyu	ニョ nyo
ヒャ hya	ヒュ hyu	ヒョ hyo
ミャ mya	ミュ myu	ミョ myo
リャ rya	リュ ryu	リョ ryo
ギャ gya	ギュ gyu	ギョ gyo
ジャ ja	ジュ ju	ジョ jo
ビャ bya	ビュ byu	ビョ byo
ピャ pya	ピュ pyu	ピョ pyo

練習

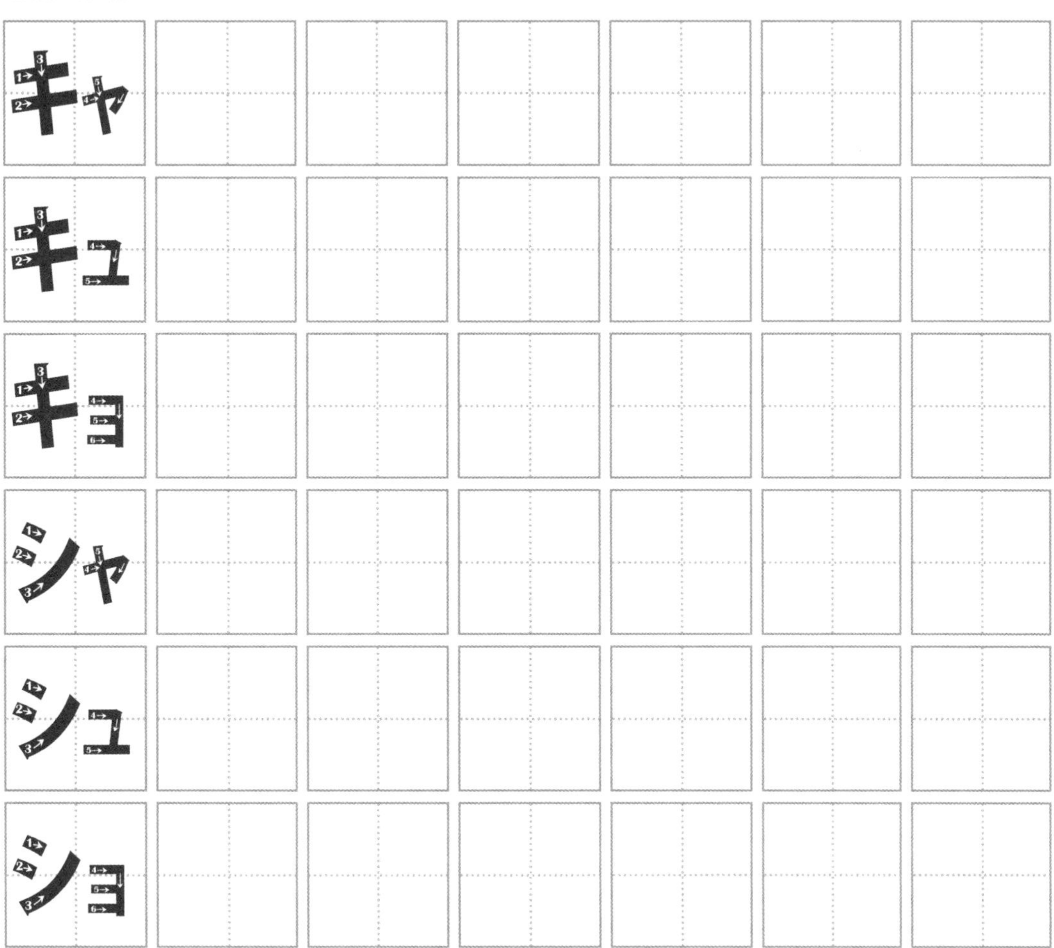

說說看 CD◎41

キャ	キュ	キョ	シャ	シュ	ショ
① キャンプ 露營	① キューバ 古巴	① キョンシー 殭屍	① シャツ 襯衫	① シュシュ 髮圈	① ショー 展覽、表演
	Coffee Bean				

練習

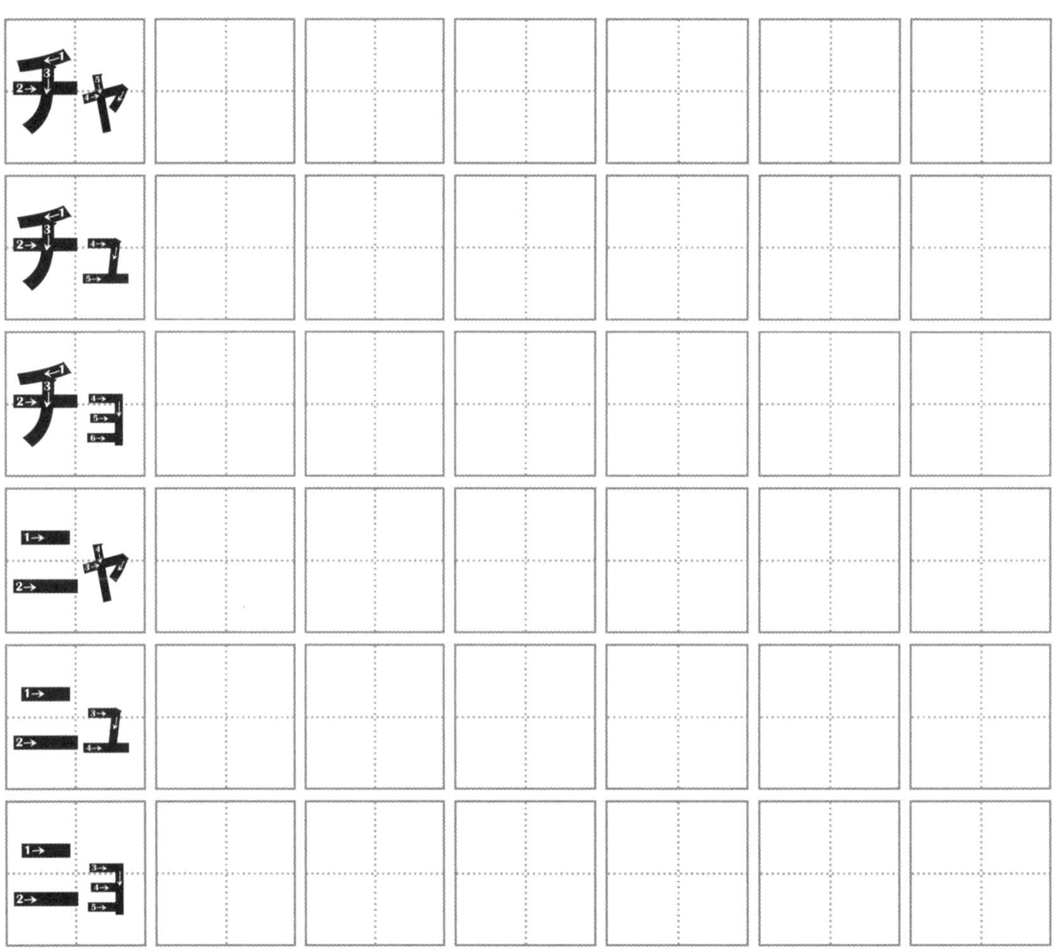

說說看 CD 42

チャ	チュ	チョ	ニャ	ニュ	ニョ
0 チャンネル 頻道	1 チューリップ 鬱金香	1 チョーク 粉筆	1 コニャック 法國白蘭地酒	1 ニュース 新聞	1 ニョッキ 義式麵疙瘩
36 Channel		ABCD	Cognac	TV NEWS 53	

練習

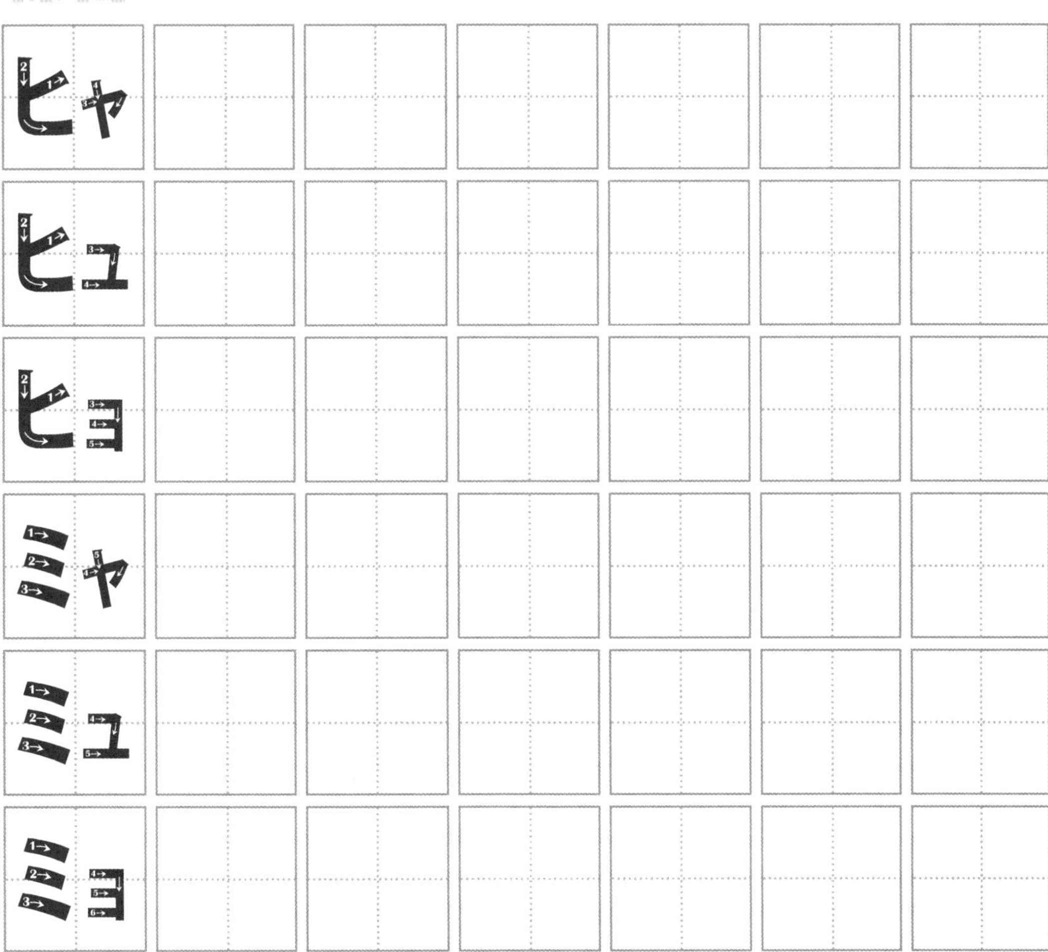

說說看 CD 43

ヒャ	ヒュ	ヒョ	ミャ	ミュ	ミョ
	1 ヒューマン 人類		1 ミャンマー 緬甸	1 ミュージカル 音樂劇	

練習

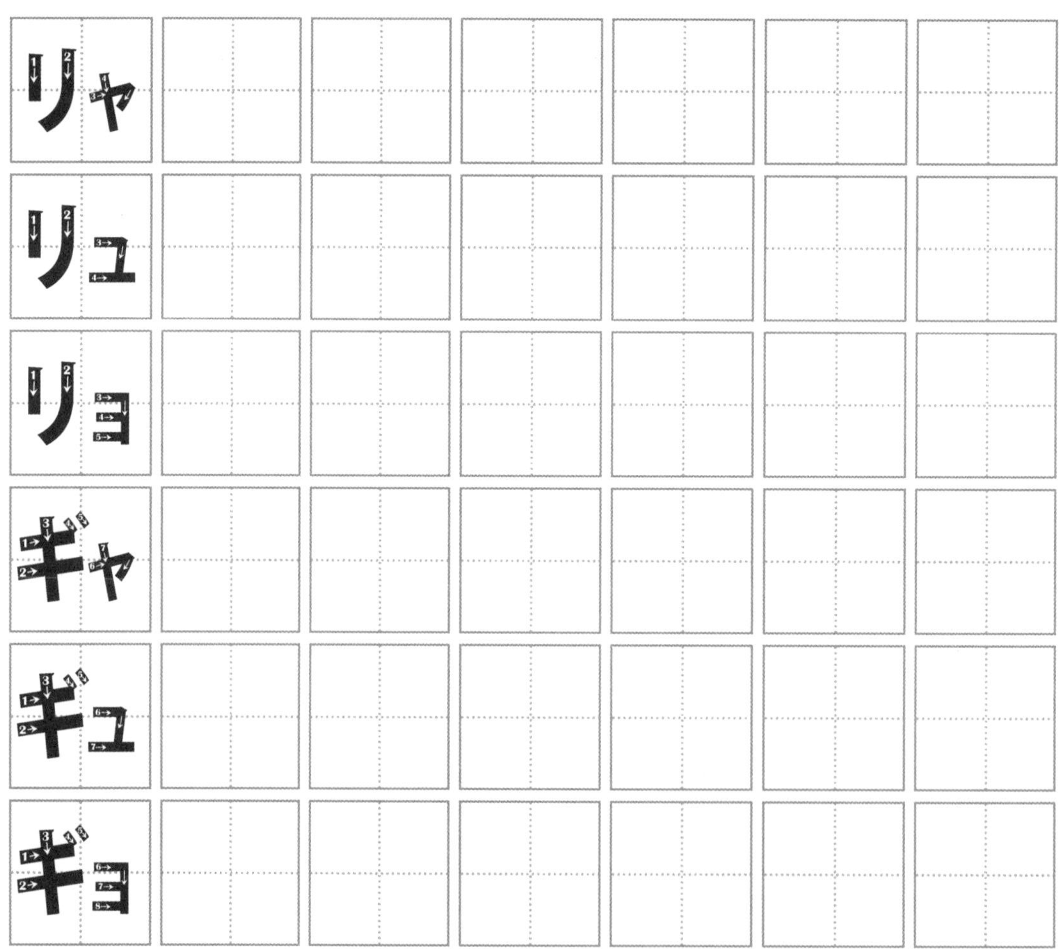

說說看 CD 44

リャ	リュ	リョ	ギャ	ギュ	ギョ
	1 リュック 登山背包		1 ギャグ 搞笑		0 ギョーザ 餃子

練習

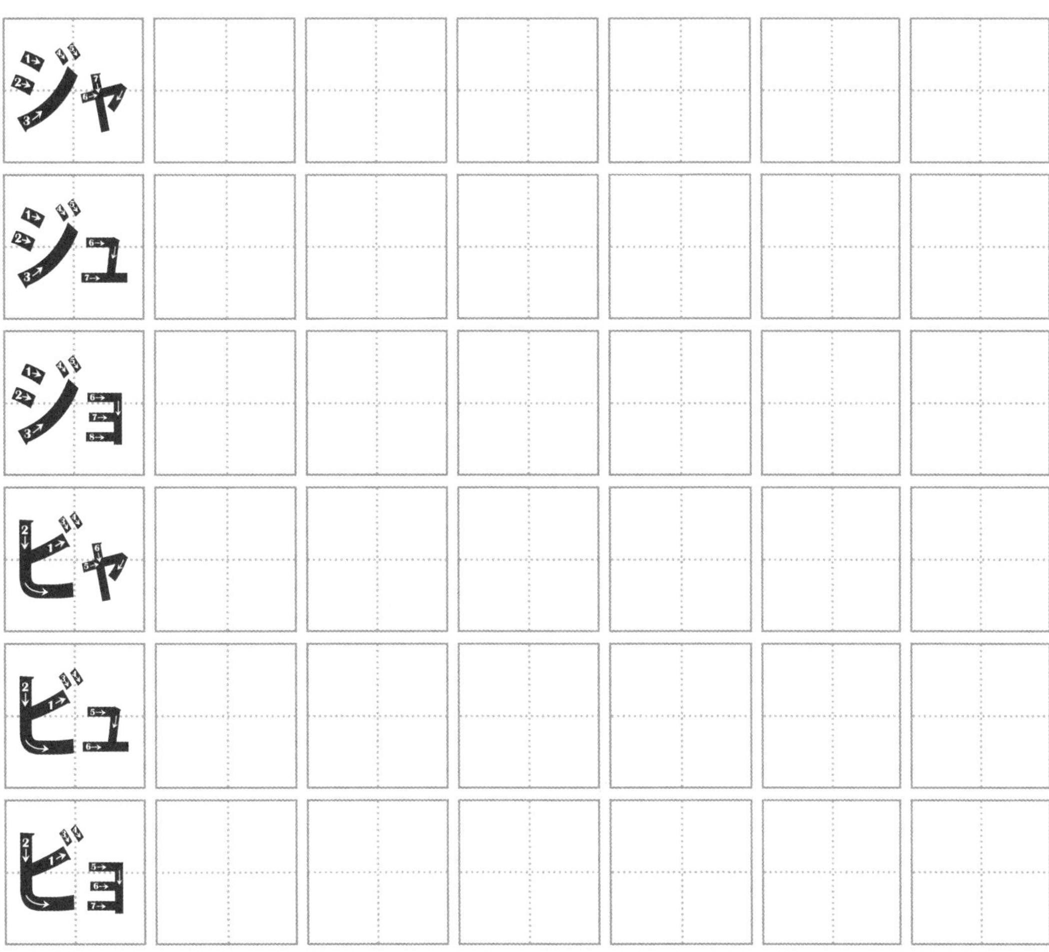

說說看 CD 45

ジャ	ジュ	ジョ	ビャ	ビュ	ビョ
②①ジャケット 外套	① ジュース 果汁	① ジョーク 玩笑		① ビュー 景色	

練習

說說看 CD 46

ピャ	ピュ	ピョ
	3 コンピューター computer電腦	1 ピョートル 彼得（俄羅斯男性的名字）
		Pyotr

だいじゅっ か
第十課

あいさつ

學習重點！

1. 學習日本人日常「あいさつ」（問候）用語。
2. 學習「教室用語」。
3. 學習「中國人及日本人姓氏」。

問候用語 CD 47

[0] おはようございます。 早安。 	[5] こんにちは。 午安。 
[5] こんばんは。 晚安。 	[6] おやすみなさい。 晚安（睡前說的晚安）。 
[5] さようなら。 再見。 	[2] おげんきですか。 你好嗎？ 

[6] いただきます。 開動了。 	[7] ごちそうさまでした。 吃飽了（謝謝招待）。 
[2] ありがとうございます。 謝謝。 	[1] どういたしまして。 不客氣。 
[4] すみません。 對不起、謝謝、請問。 	[3] いいえ。 沒關係、不會。 
[4] ただいま。 我回來了。 	[6] おかえりなさい。 你回來了。 

教室用語 CD 48

日文	中文
1. [0] 起立（きりつ）	起立
2. [1] 礼（れい）	敬禮
3. [0] 着席（ちゃくせき）	坐下
4. [0] 出席（しゅっせき）	出席
5. [0] 欠席（けっせき）	缺席
6. [0] 黒板（こくばん）	黑板
7. [5] ホワイトボード	白板
8. [1] チョーク	粉筆
9. [3] 黒板消し（こくばんけし）	板擦
10. ○ページを開（ひら）いてください。	請翻開第○頁。
11. 読（よ）んでください。	請唸。
12. 答（こた）えてください。	請回答。
13. 書（か）いてください。	請寫。
14. 名前（なまえ）と番号（ばんごう）を書（か）いてください。	請寫上姓名和號碼。
15. けっこうです。	很好。

中國人及日本人姓氏

中國人常見的姓氏唸法

于(う)、王(おう)、欧(おう)、汪(おう)、夏(か)、何(か)、管(かん)、許(きょ)、呉(ご)、胡(こ)、洪(こう)、孔(こう)、高(こう)、黄(こう)、江(こう)、朱(しゅ)、周(しゅう)、
徐(じょ)、鐘(しょう)、沈(しん)、秦(しん)、石(せき)、銭(せん)、蔡(さい)、蘇(そ)、荘(そう)、曹(そう)、曾(そう)、宋(そう)、孫(そん)、張(ちょう)、趙(ちょう)、陳(ちん)、丁(てい)、
鄭(てい)、陶(とう)、唐(とう)、董(とう)、方(ほう)、余(よ)、葉(よう)、楊(よう)、李(り)、陸(りく)、劉(りゅう)、梁(りょう)、廖(りょう)、林(りん)、呂(ろ)、欧陽(おうよう)

日本人常見的姓氏唸法

田中(たなか)、山本(やまもと)、山下(やました)、伊藤(いとう)、小林(こばやし)、渡辺(わたなべ)、吉田(よしだ)、福田(ふくだ)、上田(うえだ)、石川(いしかわ)、酒井(さかい)、
松井(まつい)、加藤(かとう)、近藤(こんどう)、佐藤(さとう)、斉藤(さいとう)、木村(きむら)、中村(なかむら)、鈴木(すずき)、黒川(くろかわ)、三浦(みうら)、森(もり)、
岡田(おかだ)、高木(たかぎ)

日本男生常見的名字

一郎(いちろう)、次郎(じろう)、五郎(ごろう)、拓哉(たくや)、雅治(まさはる)、智久(ともひさ)、健(けん)、翔(しょう)、正人(まさと)、翔太(しょうた)、淳平(じゅんぺい)、浩介(こうすけ)、
博之(ひろゆき)、健太(けんた)、直樹(なおき)、慎吾(しんご)、智也(ともや)、裕也(ゆうや)

日本女生常見的名字

桃子(ももこ)、眞子(まこ)、菜々子(ななこ)、知子(ともこ)、花子(はなこ)、友香(ともか)、理沙(りさ)、理恵(りえ)、由紀(ゆき)、香奈(かな)、恵理(えり)、
恵美(えみ)、由美(ゆみ)、真紀(まき)、詩織(しおり)、百合(ゆり)、歩(あゆみ)、奈美(なみ)、恭子(きょうこ)

小測驗

一・連連看

（從下方A～H中選出正確答案）

1. （　　）ただいま。
2. （　　）どういたしまして。
3. （　　）さようなら。
4. （　　）こんばんは。
5. （　　）いただきます。
6. （　　）おかえりなさい。
7. （　　）すみません。
8. （　　）ごちそうさまでした。

A. 對不起。
B. 開動了。
C. 你回來了。
D. 晚安 。
E. 吃飽了。
F. 我回來了。
G. 再見。
H. 不客氣。

二・聽寫填空

1. おやすみ________さ________。
2. こ________にち________。
3. あり________とうございます。
4. おげ________きです________。
5. お________よ________ございます。

三・寫寫看

（從下方A～E中選出正確答案）

1. ________　　起立。
2. ________　　請唸。
3. ________　　很好。
4. ________　　坐下。
5. ________　　請寫。

A. かいてください。
B. よんでください。
C. ちゃくせき
D. きりつ
E. けっこうです。

日本三大名城

Q：下列哪一座城，不是日本三大名城之一？

A 大阪城 **B 名古屋城**

C 熊本城 **D 彥根城**

位於大阪府的大阪城，是日本三大名城之一，別名「金城」和「錦城」。該城乃戰國名將「**豊臣秀吉**[とよとみひでよし]」（豐臣秀吉）在一五八三年所建造，氣勢宏偉，不但是歷史古蹟，而且四季各有不同風情，所以是到日本絕對不可錯過的景點。

日本有三大名城，除了大阪城之外，另外的二座分別是位於愛知縣名古屋市的「**名古屋城**[なごやじょう]」（名古屋城），以及位於九州熊本縣的「**熊本城**[くまもとじょう]」（熊本城）。其中名古屋城別名「金鯱城」、「金城」，在十六世紀時，戰國名將「**織田信長**[おだのぶなが]」（織田信長）曾經統馭此處。而別名「銀杏城」的熊本城，乃一五九一年由戰國時代另一位名將「**加藤清正**[かとうきよまさ]」（加藤清正）所建，每到秋天，城的四周銀杏樹一片金黃，煞是迷人，是最適合拜訪的季節。

如果您對日本歷史有興趣的話，就從拜訪這三座名城開始吧！

解答：D

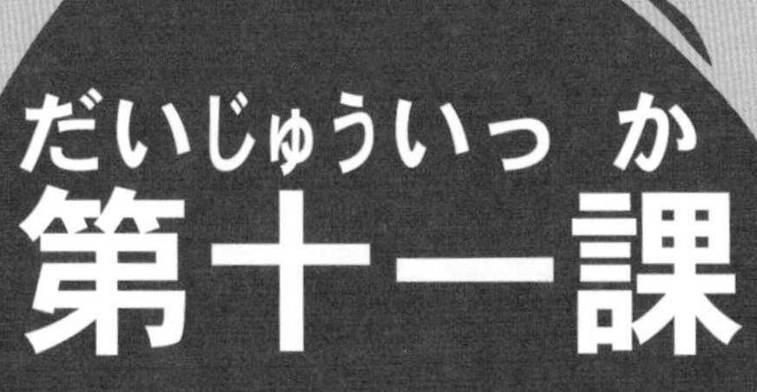

第十一課（だいじゅういっか）

私（わたし）は　林（りん）です。

學習重點！

❶ 重要句型：

「名詞 は～です。」

「名詞 は～ですか。」

「名詞 も～です。」

❷ 自我介紹表現法。

❸ 姓名、國名、身分等說法。

單字 CD◎49

中文	漢字・原文	重音・假名
我	私	0 わたし
他	彼	1 かれ
她	彼女	1 かのじょ
（王）先生或小姐	（王）さん	1 （おう）さん
木村先生或小姐	木村さん	0 きむらさん
高中生	高校生	3 こうこうせい
大學生	大学生	3 だいがくせい
小學生	小学生	3 しょうがくせい
一年級生	一年生	3 いちねんせい
老師	先生	3 せんせい
公司職員	会社員	3 かいしゃいん
台灣人	台湾人	5 4 たいわんじん
日本人	日本人	4 にほんじん
美國人	アメリカ人（America＋人）	4 アメリカじん
韓國人	韓国人	4 かんこくじん
中國人	中国人	4 ちゅうごくじん

わたしは　りんです。

りん　：はじめまして、りんです。
　　　　どうぞ、よろしく。

きむら：はじめまして、きむらです。
　　　　こちらこそ、よろしく。

りん　：きむらさんは　こうこうせいですか。

きむら：はい、そうです。いちねんせいです。
　　　　りんさんは。

りん　：わたしも　こうこういちねんせいです。

會話翻譯

私(わたし)は　林(りん)です。

我姓林。

林(りん)　：はじめまして、林(りん)です。
どうぞ、よろしく。

林　：初次見面，我姓林。
請多多指教。

木村(きむら)：はじめまして、木村(きむら)です。
こちらこそ、よろしく。

木村：初次見面，我姓木村。
彼此彼此，多多指教。

林(りん)　：木村(きむら)さんは　高校生(こうこうせい)ですか。

林　：木村小姐是高中生嗎？

木村(きむら)：はい、そうです。一年生(いちねんせい)です。
林(りん)さんは。

木村：是的。我是一年級。
林同學呢？

林(りん)　：私(わたし)も　高校一年生(こうこういちねんせい)です。

林　：我也是高中一年級。

小叮嚀

尊稱別人時一定要加「さん」，但自我介紹時不能加「さん」喔！

文型 CD 51

肯定句

名詞 は～です。

私は　高校生です。　　我是高中生。

疑問句

名詞 は～ですか。

林さんは　台湾人ですか。　　林小姐是台灣人嗎？

A：木村さんは　日本人ですか。　　A：木村小姐是日本人嗎？
B：はい、そうです。　　B：是的。

A：林先生は　アメリカ人ですか。　　A：林老師是美國人嗎？
B：はい、そうです。アメリカ人です。　　B：是的。是美國人。

も（也是）

名詞 も～です。

彼女も　高校生です。　　她也是高中生。

A：王さんは　大学生です。
　彼も　大学生ですか。　　A：王同學是大學生。他也是大學生嗎？
B：はい、そうです。彼も　大学生です。　　B：是的。他也是大學生。

文型練習

練習1

はじめまして、林(りん)です。どうぞ、よろしく。
陳(ちん)
木村(きむら)

練習2

わたしは　高校生(こうこうせい)です。
小学生(しょうがくせい)
台湾人(たいわんじん)

練習3

木村(きむら)さんも　一年生(いちねんせい)ですか。
先生(せんせい)
会社員(かいしゃいん)

練習4

彼女(かのじょ)は　日本人(にほんじん)です。
アメリカ人(じん)
韓国人(かんこくじん)
中国人(ちゅうごくじん)

練習5

彼(かれ)は　日本人(にほんじん)ですか。
はい、そうです。
林(りん)さんは　先生(せんせい)ですか。
はい、そうです。

文法

1 名詞 は～です。

「は」是助詞，接續在主詞後，當助詞時唸「wa」。

名詞＋「です」：表示肯定，禮貌的說法。

例 私は　日本人です。　我是日本人。
彼は　高校生です。　他是高中生。

2 名詞 は～ですか。

「か」是助詞，接在「です」的後面時，表示疑問句。

例 林さんは　台湾人ですか。　林小姐是台灣人嗎？

3 名詞 も～です。

「も」是助詞，「也是」的意思。

注意

用「も」的時候就不用「は」。

例 私もは　台湾人です。（×）
私も　台湾人です。（○）　我也是台灣人。

4 さん

注意

尊稱先生小姐時，在姓名後加「さん」（不限用於先生），介紹自己時，絕對不能在姓名後加「さん」。

例 あなたは　木村さんですか。　你是木村先生（小姐）嗎？
私は　林さんです。（×）
私は　林です。（○）　我姓林。

❺ はい、そうです。

肯定時回答「はい」，相當於英語的「yes」。

「そう」表示像對方說的那樣。

❻ はじめまして、林（りん）です。

自我介紹時，第一句一定會說「はじめまして」，也就是「初次見面」的意思，然後再說自己的姓。

例 初（はじ）めまして、王（おう）です。

初次見面，我姓王。

初（はじ）めまして、木村（きむら）です。

初次見面，我姓木村。

❼ こちらこそ、よろしく。

自我介紹時第二位回答時可以說「こちらこそ、よろしく」，「こちらこそ」是「彼此彼此」的意思。

例 A：はじめまして、林（りん）です。どうぞ、よろしく。

初次見面，我姓林。請多多指教。

B：はじめまして、木村（きむら）です。こちらこそ、よろしく。

初次見面，我姓木村。彼此彼此，多多指教。

小測驗

一・單字測驗

1.（　　）高中生　① こうこせい　② こうこうせい　③ ここせい

2.（　　）台灣人　① たいわんにん　② だいわんじん　③ たいわんじん

3.（　　）我　① わたし　② わだし　③ わたせ

4.（　　）他　① かのじょ　② かれ　③ かろ

5.（　　）日本人　① にほんにん　② にはんじん　③ にほんじん

二・重組測驗

1. どうぞ / 木村 / よろしく / です

____

2. は / です / 私 / 林

____

3. です / 彼 / か / 先生 / は

____

4. 彼女 / です / 高校生 / も

____

5. アメリカ人 / か / 先生 / は / です

____

三・填充測驗

1. 林さんは　会社員です。木村さん__________　会社員ですか。

2. A：はじめまして、林です。__________、よろしく。
   B：はじめまして、木村です。__________こそ、よろしく。

京都名所「金閣寺」

Q：下列哪一位日本作家，寫過和「金閣寺」有關的作品？

A 三島由紀夫　　**B** 川端康成

C 夏目漱石　　**D** 村上春樹

正式名稱應為「**鹿苑寺**」的金閣寺，位於京都市北區，是「臨濟宗」的寺院，已於一九九四年被登錄為世界遺產，是到京都絕對不能錯過的景點。

此寺之所以被通稱為「金閣寺」，乃由於位於寺廟中心的舍利殿「金閣」金碧輝煌、名聞遐邇之緣故。此外會這麼有名，多少也和日本名作家「**三島由紀夫**」（三島由紀夫）有關。

本名「**平岡公威**」（平岡公威）、外貌英挺的三島由紀夫，是日本戰後具有代表性的名小說家。他的小說《**金閣寺**》（金閣寺），以放火燒金閣寺為體材，極美的文筆，充分展現出三島由紀夫獨特的風格，被譽為日本近代文學最高傑作，在海外也有極高的評價。其餘代表作尚有《**仮面の告白**》（假面的告白）、《**禁色**》（禁色）、《**潮騷**》（潮騷）、《**豊饒の海**》（豐饒的海）等。

解答：A

それは　何(なん)ですか。

學習重點！

1. 指示代名詞「これ」、「それ」、「あれ」的用法。
2. 重要句型：
   「指示代名詞は名詞1ですか、名詞2 ですか。」
   否定的回答方式「名詞 では　ありません。」
3. 食物、生活用品等說法。

單字 CD 52

中文	漢字・原文	重音・假名
這個		0 これ
那個		0 それ
那個（較遠的）		0 あれ
壽司	寿司	1 2 すし
海苔	海苔	2 のり
茶	お茶	0 おちゃ
水	水	0 みず
什麼	何	1 なん
書	本	1 ほん
花	花	2 はな
傘	傘	1 かさ
桌子	机	0 つくえ
椅子	椅子	0 いす
紙	紙	2 かみ
筆記本	notebook的省略	1 ノート
汽車	車	0 くるま

それは　なんですか。

り　　：それは　なんですか。
きむら：これは　ほんです。

り　　：それも　ほんですか。
きむら：いいえ、ほんでは　ありません。
　　　　あれは　ノートです。

り　　：これは　おちゃですか、みずですか。
きむら：それは　おちゃです。

會話翻譯

それは　何(なん)ですか。

那是什麼？

李(り)　：それは　何(なん)ですか。
木村(きむら)：これは　本(ほん)です。

李　：那是什麼？
木村：這是書。

李(り)　：それも　本(ほん)ですか。
木村(きむら)：いいえ、本(ほん)では　ありません。
**　　あれは　ノートです。**

李　：那也是書嗎？
木村：不，不是書。
　　那是筆記本。

李(り)　：これは　お茶(ちゃ)ですか、水(みず)ですか。
木村(きむら)：それは　お茶(ちゃ)です。

李　：這是茶還是水？
木村：那是茶。

小叮嚀

「これは　お茶(ちゃ)ですか、水(みず)ですか。」，遇到這種問句時，是二選一的回答，所以直接回答「お茶(ちゃ)」或是「水(みず)」，前面不能加「はい」、「いいえ」等。

文型　CD 54

肯定句

これは～です。

これは　花(はな)です。	這是花。
それは　寿司(すし)です。	那是壽司。
あれは　本(ほん)です。	那是書。

否定句

それは～では　ありません。

それは　机(つくえ)ですか。	那是桌子嗎？
それは　机(つくえ)では　ありません。	那不是桌子。
それは　椅子(いす)です。	那是椅子。

疑問句1

それは～ですか。

それは　何(なん)ですか。	那是什麼？
それは　紙(かみ)です。	那是紙。
それは　本(ほん)ですか。	那是書嗎？
はい、本(ほん)です。	是的，是書。

疑問句2

あれは～ですか、～ですか。

あれは　本(ほん)ですか、紙(かみ)ですか。	那是書還是紙？
あれは　紙(かみ)です。	那是紙。
あれは　お茶(ちゃ)ですか、水(みず)ですか。	那是茶還是水？
あれは　お茶(ちゃ)です。	那是茶。

文型練習

練習1

これは　海苔(のり)です。
　　　　寿司(すし)
それは　紙(かみ)です。
　　　　本(ほん)
あれは　椅子(いす)です。
　　　　机(つくえ)

それは　何(なん)ですか。
それは　花(はな)です。
これは　何(なん)ですか。
これは　ノートです。

それは　紙(かみ)ですか、ノートですか。
これは　水(みず)ですか、お茶(ちゃ)ですか。

練習4

これは　花(はな)では　ありません。
それは　お茶(ちゃ)では　ありません。
あれは　傘(かさ)では　ありません。

それは　水(みず)ですか。
いいえ、そうでは　ありません。お茶(ちゃ)です。

文法

❶ これ、それ、あれ

これ是「這個」

それ是「那個」

あれ是較遠的「那個」

「こ」這：離說話者最近

「そ」那：離說話者稍遠，離對方較近

「あ」那：離說話者及對方都遠

例「この」、「その」、「あの」（「這個」、「那個」、較遠的「那個」）

　この傘は　私のです。（第三課詳述）

例「ここ」、「そこ」、「あそこ」（「這裡」、「那裡」、較遠的「那裡」）

　あそこは　学校です。（第四課詳述）

❷ これは　名詞1　ですか、名詞2　ですか。

問話時，由於不確定是哪一個，所以用二次問句「～ですか」。

注意

回答時要注意，不需要回答「はい」或是「いいえ」，只要直接回答正確的名詞即可。這是學習者容易犯錯的地方，務必小心。

比較「これは　椅子ですか、机ですか。」　這是椅子還是桌子？

　　——はい、（それは）椅子です。（×）

　　——いいえ、（それは）椅子です。（×）

　　——（それは）椅子です。（〇）　那是椅子。

　「それは　椅子ですか。」　那是椅子嗎？

　　——はい、そうです。椅子です。　是的。是椅子。

　　——いいえ、そうでは　ありません。机です。　不，不是。是桌子。

　這時候才要用「はい」（肯定）和「いいえ」（否定）。

❸ 名詞 では　ありません。

肯定時，名詞 後加「です」

例 寿司(すし)です。 是壽司。

そうです。 是的。

否定時，名詞 後加「では　ありません」

例 寿司(すし)では　ありません。 不是壽司。

そうでは　ありません。 不是。

也可以說成「名詞 じゃ　ありません」

例 これは　海苔(のり)では　ありません。 這不是海苔。

＝ これは海苔(のり)じゃ　ありません。

小測驗

一・單字測驗

1.（　　）	花	① ばな	② はな	③ ほな	④ はね
2.（　　）	傘	① かせ	② かぜ	③ かさ	④ かざ
3.（　　）	書	① ほん	② はん	③ ばん	④ はあん
4.（　　）	桌子	① つくね	② つくえ	③ いす	④ しくえ
5.（　　）	壽司	① すせ	② すつ	③ すし	④ ずし
6.（　　）	海苔	① のね	② のに	③ ねり	④ のり
7.（　　）	茶	① おちゃ	② おちゅ	③ おちょ	④ おちぇ
8.（　　）	水	① みぜ	② みず	③ めず	④ みす
9.（　　）	汽車	① きしゃ	② くるま	③ くるも	④ くるめ
10.（　　）	紙	① かみ	② かめ	③ ほん	④ ノート

二・填充測驗

1. A：これは　________ですか。
　B：それは　傘です。

2. A：それは　水ですか。
　B：はい、____________。

3. A：あれは　本ですか。
　B：いいえ、そう____________。

4. A：それは　寿司ですか。
　B：________、寿司では　ありません。

三・重組測驗

1. は / か / です / 何 / あれ

____

2. は / 花 / です / あれ

____

3. は / では　ありません / 傘 / あれ

____

4. お茶 / は / か / です / 水 / です / あれ / か

____

5. 本 / も / です / それ / か

____

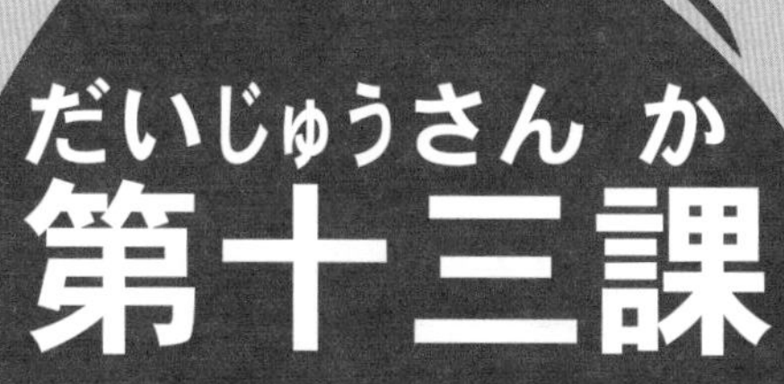

その雑誌（ざっし）は　私（わたし）のです。

學習重點！

1. 連體詞「この」、「その」、「あの」的用法。
2. 連體詞「この」、「その」、「あの」與指示代名詞「これ」、「それ」、「あれ」用法之比較。
3. 「どの」、「誰（だれ）の」、「どなたの」的用法。
4. 家人、日常用品等說法。

單字 CD 55

中文	漢字・原文	重音・假名
這個		0 この
那個		0 その
那個（較遠的）		0 あの
哪一個		1 どの
朋友	友達	0 ともだち
媽媽（家母）	母	1 はは
爸爸（家父）	父	1 ちち
哥哥（家兄）	兄	1 あに
姐姐（家姐）	姉	0 あね
誰	誰	1 だれ
哪一位	何方	1 どなた
日語	日本語	0 にほんご
英語	英語	0 えいご
房間	部屋	2 へや
教室	教室	0 きょうしつ
國家	国	0 くに
皮包	鞄	0 かばん
眼鏡	眼鏡	1 めがね
錢包	財布	0 さいふ
剪刀	鋏	3 2 はさみ
鑰匙	鍵	2 かぎ
帽子	帽子	0 ぼうし
雜誌	雑誌	0 ざっし

そのざっしは　わたしのです。

り　　：これは　にほんごのざっしですか。
さとみ：はい、そうです。

り　　：このざっしは　だれのですか。
さとみ：それは　わたしのざっしです。

り　　：それも　にほんごのざっしですか。
さとみ：いいえ、そうでは　ありません。えいごのざっしです。

り　　：そのざっしも　さとみさんのですか。
さとみ：いいえ、わたしのでは　ありません。それは　せんせいのです。

會話翻譯

その雑誌（ざっし）は　私（わたし）のです。

那雜誌是我的。

李（り）　：これは　日本語（にほんご）の雑誌（ざっし）ですか。
里美（さとみ）：はい、そうです。

李　：這是日語雜誌嗎？
里美：是的。

李（り）　：この雑誌（ざっし）は　誰（だれ）のですか。
里美（さとみ）：それは　私（わたし）の雑誌（ざっし）です。

李　：這雜誌是誰的？
里美：那是我的雜誌。

李（り）　：それも　日本語（にほんご）の雑誌（ざっし）ですか。
里美（さとみ）：いいえ、そうでは　ありません。英語（えいご）の雑誌（ざっし）です。

李　：那也是日語雜誌嗎？
里美：不，那不是。那是英語雜誌。

李（り）　：その雑誌（ざっし）も　里美（さとみ）さんのですか。
里美（さとみ）：いいえ、私（わたし）のでは　ありません。それは　先生（せんせい）のです。

李　：那雜誌也是里美小姐的嗎？
里美：不，那不是我的。那是老師的。

小叮嚀

「その雑誌（ざっし）も　里美（さとみ）さんのですか。」「私（わたし）のでは　ありません。」
特別提醒大家，這句問句和答句，都不可以漏掉「の」喔！

文型 CD 57

指示代名詞

この
その　＋名詞 は　述語 です。
あの

このはさみは　私のです。　　這剪刀是我的。
その帽子は　姉のです。　　那帽子是姐姐（家姐）的。
あのめがねは　先生のです。　　那眼鏡是老師的。

指示代名詞

これ
それ　＋は　述語 です。
あれ

これは　私のです。　　這是我的。
これは　私のはさみです。　　這是我的剪刀。

それは　姉のです。　　那是姐姐（家姐）的。
それは　姉の帽子です。　　那是姐姐（家姐）的帽子。

あれは　先生のです。　　那是老師的。
あれは　先生のめがねです。　　那是老師的眼鏡。

注意

前二個句型，可對照練習。

どの（哪一個）

どの＋名詞 ですか。

どの部屋（へや）ですか。　　哪一間房間呢？

どの教室（きょうしつ）ですか。　　哪一間教室呢？

人稱＋の（某人的～）

人稱＋の＋名詞 です。

それは　私（わたし）の帽子（ぼうし）です。　　那是我的帽子。

先生（せんせい）のお国（くに）は　日本（にほん）です。　　老師的祖國是日本。

「誰（だれ）の」（誰的）、「どなたの」（哪一位的）

誰（だれ）の／どなたの ＋名詞 ですか。

これは　誰（だれ）の財布（さいふ）ですか。　　這是誰的錢包呢？

あれは　どなたのかばんですか。　　那是哪一位的包包呢？

文型練習

練習1

A：この
　　その　はさみは　林(りん)さんのです。
　　あの

B：この
　　その　財布(さいふ)は　母(はは)のです。
　　あの

　　　帽子(ぼうし)
どの　部屋(へや)　ですか。
　　　かぎ

私(わたし)のです。　➡ 私(わたし)の財布(さいふ)です。
先生(せんせい)のです。➡ 先生(せんせい)のかばんです。
兄(あに)のです。　➡ 兄(あに)のかぎです。

A：誰(だれ)のですか。
　　これは　誰(だれ)のですか。
　　これは　誰(だれ)のお茶(ちゃ)ですか。

B：その水(みず)は　どなたのですか。
　　そのノートは　どなたのですか。

練習5

A：あの雑誌(ざっし)は　日本語(にほんご)のです。
B：あの雑誌(ざっし)は　日本語(にほんご)の雑誌(ざっし)です。
C：あれは　日本語(にほんご)の雑誌(ざっし)です。

A：このかばんは　先生(せんせい)のです。
B：このかばんは　先生(せんせい)のかばんです。
C：これは　先生(せんせい)のかばんです。

文法

❶ この（這個）
その（那個）＋ 名詞 は　述語 です。
あの（那個）

意思相當於

これ
それ　は　述語 です。
あれ

「この」、「その」、「あの」的後面，一定要加名詞，才是完整的主詞。
「これ」、「それ」、「あれ」的後面，則可直接加助詞「は」。

例 このは　私のです。（×）
これは　私のです。（○）　這是我的。

❷ 比較「あの」和「あれ」

あの雑誌は　日本語のです。　那本雜誌是日文的。
➡「日本語の」的後面省略了「雑誌」這名詞

あの雑誌は　日本語の雑誌です。　那本雜誌是日文的雜誌。
➡ 最完整的表現

あれは　日本語の雑誌です。　那是日文的雜誌。
➡「あれ」就可以代表「あの雑誌」

若能了解這三個句子的差別，就代表已分清楚「あの」和「あれ」的用法了。

❸ 人稱＋「の」＝某人的

例 私（わたし）の（underlined）です。

➡ 中文意思為「我的」，表示「私（わたし）の 名詞 です。」可省略名詞。

先生（せんせい）の（underlined）です。

➡ 中文意思為「老師的」，表示「先生（せんせい）の 名詞 です。」可省略名詞。

❹ 私（わたし）のでは　ありません。

中文意思為「不是我的」。

例 私（わたし）のです。 是我的。

➡ 以此類推，否定就是「私（わたし）のでは　ありません。」 不是我的。

小測驗

一・單字測驗

1.（　　）朋友　① ともだち　② とまだち　③ ともたち
2.（　　）日語　① にはんご　② にほんご　③ ねほんご
3.（　　）皮包　① かはん　② かばん　③ さいふ
4.（　　）媽媽（家母）　① あに　② はは　③ ちち
5.（　　）眼鏡　① めがね　② みがね　③ めかね
6.（　　）帽子　① ぼえし　② ぼおし　③ ぼうし
7.（　　）剪刀　① はさめ　② はさみ　③ ほさめ
8.（　　）爸爸（家父）　① ちち　② はは　③ あに
9.（　　）姐姐（家姐）　① あね　② あに　③ あめ
10.（　　）英語　① にほんご　② ちゅうごくご　③ えいご

二・填充選擇

1.（　　）＿＿＿＿は　私のです。　① その　② それ
2.（　　）＿＿＿＿かばんは　私のです。　① その　② それ
3.（　　）そのめがねは　＿＿＿＿では　ありません。　① わたし　② わたしの
4.（　　）この車は　友達＿＿＿＿です。　① の　② ×
5.（　　）＿＿＿＿机ですか。　① どの　② どれ

三・翻譯

1. 這是日語雜誌嗎？

＿＿＿＿＿＿＿＿＿＿＿＿＿＿＿＿＿＿＿＿

2. 那眼鏡是老師的。

＿＿＿＿＿＿＿＿＿＿＿＿＿＿＿＿＿＿＿＿

3. 那本筆記本是誰的呢？

＿＿＿＿＿＿＿＿＿＿＿＿＿＿＿＿＿＿＿＿

豆知識

多元美味的日本拉麵

Q：日本的味噌拉麵，誕生於何地？

A 札幌　　**B 東京**

C 大阪　　**D 博多**

相信有不少讀者吃過日本的拉麵，但是您知道日本的拉麵有多少種口味嗎？

日本的拉麵依照區域及口味，大致可分為：①味噌湯頭的「北海道札幌味噌拉麵」；②透明清淡、豬骨鹽味湯頭的「北海道函館鹽味拉麵」；③口味清爽、鰹魚醬油湯頭的「關東東京醬油拉麵」；④乳白色、濃厚豬骨湯頭的「九州博多豚骨拉麵」。這些拉麵，好不好吃的關鍵均在湯頭，所以別忘了把湯喝光光喔！

此外還要告訴大家，在日本點拉麵時，有些店會先填問卷，讓顧客事先選擇粗麵或是細麵，以及喜歡的麵條硬度，真是非常體貼。而吃不夠時，也可以多花一百日圓左右，再來一團麵，這叫做「替(か)え玉(だま)」。還有，如果您發現身旁的人吸入麵條時發出巨大聲響時，也千萬不要吃驚。這不是沒有禮貌喔！而是日本拉麵文化之一呢！

解答：A

だいじゅうよんか 第十四課

ここは　教室（きょうしつ）です。

學習重點！

1. 指示代名詞「ここ」、「そこ」、「あそこ」以及「こちら」、「そちら」、「あちら」的用法。
2. 詢問對方「住家」、「國籍」、「物品」時的用法。
3. 建築物等說法。

單字 CD 58

中文	漢字・原文	重音・假名
這裡		[0] ここ
那裡		[0] そこ
那裡（較遠）		[0] あそこ
哪裡		[1] どこ
天母	天母	[1] てんむ
新竹	新竹	[1] しんちく
美國	America	[0] アメリカ
日本	日本	[2] にほん
這裡（較口語用法）		[0] こちら
那裡（較口語用法）		[0] そちら
那裡（較遠）（較口語用法）		[0] あちら
哪裡（較口語用法）		[1] どちら
家	家	[0] うち
圖書館	図書館	[2] としょかん
車站	駅	[1] えき
學校	学校	[0] がっこう
郵局	郵便局	[3] ゆうびんきょく
公園	公園	[0] こうえん
銀行	銀行	[0] ぎんこう
洗手間	お手洗い	[3] おてあらい
廁所	toilet	[1] トイレ
超市	supermarket的省略	[1] スーパー

會話 CD 59

ここは　きょうしつです。

(1)　ちん　：ここは　どこですか。
　　たむら：ここは　きょうしつです。

　　ちん　：そこも　きょうしつですか。
　　たむら：いいえ、ちがいます。
　　　　　　そこは　としょかんです。

　　ちん　：たむらさんのきょうしつは　どこですか。
　　たむら：あそこです。

(2)　たなか：にほんごのほんは　どこですか。
　　りん　：あそこです。

(3)　りん　　：やましたさんのおうちは　どこですか。
　　やました：てんむです。

(4)　りん　　：がっこうは　どちらですか。
　　やました：しりんこうこうです。

(5)　りん　　：やましたさんのおくには　どちらですか。
　　やました：にほんです。

會話翻譯

ここは　教室（きょうしつ）です。

這裡是教室。

(1) 陳（ちん）　：ここは　どこですか。
田村（たむら）：ここは　教室（きょうしつ）です。

陳　：這裡是哪裡？
田村：這裡是教室。

陳（ちん）　：そこも　教室（きょうしつ）ですか。
田村（たむら）：いいえ、違（ちが）います。
そこは　図書館（としょかん）です。

陳　：那裡也是教室嗎？
田村：不，不是。那裡是圖書館。

陳（ちん）　：田村（たむら）さんの教室（きょうしつ）は
どこですか。
田村（たむら）：あそこです。

陳　：田村同學的教室在哪裡？
田村：在那裡。

(2) 田中（たなか）：日本語（にほんご）の本（ほん）は　どこですか。
林（りん）　：あそこです。

田中：日語書在哪裡？
林　：在那裡。

(3) 林（りん）　：山下（やました）さんのお家（うち）は
どこですか。
山下（やました）：天母（てんむ）です。

林　：山下同學府上在哪裡？
山下：在天母。

(4) 林（りん）　：学校（がっこう）は　どちらですか。
山下（やました）：士林高校（しりんこうこう）です。

林　：學校是哪一所呢？
山下：士林高中。

(5) 林（りん）　：山下（やました）さんのお国（くに）は
どちらですか。
山下（やました）：日本（にほん）です。

林　：山下同學是哪一國人？
山下：日本。

文型 CD 60

指示代名詞「ここ」、「そこ」、「あそこ」

ここ
そこ　　+は　地名　です。
あそこ

ここは　駅です。　　這裡是車站。
そこは　トイレです。　　那裡是廁所。
あそこは　公園です。　　那裡是公園。

指示代名詞「こちら」、「そちら」、「あちら」

こちら
そちら　+は　地名　です。
あちら

こちらは　銀行です。　　這裡是銀行。
そちらは　スーパーです。　　那裡是超級市場。
あちらは　郵便局です。　　那裡是郵局。

「指示代名詞」和「地點」可互換

ここ
地名　は　そこ　　+です。
あそこ

駅は　ここです。　　車站在這裡。
トイレは　そこです。　　廁所在那裡。
公園は　あそこです。　　公園在那裡。

否定的回答

いいえ、違(ちが)います。

A：ここは　教室(きょうしつ)ですか。　　這裡是教室嗎？
B：いいえ、違(ちが)います。図書館(としょかん)です。　　不，不是。是圖書館。
A：これは　お茶(ちゃ)ですか。　　這是茶嗎？
B：いいえ、違(ちが)います。水(みず)です。　　不，不是。是水。

指示代名詞的疑問句

地名 は　どこですか。

トイレは　どこですか。　　廁所是哪裡呢？
銀行(ぎんこう)は　どこですか。　　銀行是哪裡呢？

尋問「住家」、「國籍」、「物品」的位置

住家
國家　+は　どこ（どちら）ですか。
物品

お家(うち)は　どこですか。　　府上在哪裡呢？
天母(てんむ)です。　　在天母。

山下(やました)さんのお国(くに)は　どちらですか。　　山下先生是哪一國人？
日本(にほん)です。　　日本。

めがねは　どこですか。　　眼鏡在哪裡呢？
あそこです。　　在那裡。

文型練習

練習1

ここ
そこ　　は　地名　です。　➡　例 ここは　学校です。
あそこ

翻譯練習
① 這裡是車站。（駅）
② 那裡是郵局。（郵便局）
③ 那裡（較遠的）是公園。（公園）

練習2

　　　ここ
地名 は　そこ　です。　➡　例 図書館は　あそこです。
　　　あそこ

翻譯練習
① 車站是這裡。（駅）
② 郵局是那裡。（郵便局）
③ 公園是那裡（較遠的）。（公園）

練習3

いいえ、違います。　➡　例 そこは　銀行ですか。
いいえ、違います。学校です。

問答練習
① ここは　図書館ですか。（いいえ / 教室）
② ここは　スーパーですか。（いいえ / 銀行）

練習4

地名 は　どこですか。　➡　例 トイレは　どこですか。
あそこです。

問答練習
① 銀行は　どこですか。（そこ）
② 駅は　どこですか。（そこ）

練習 5

住家
國家　は　どこ（どちら）ですか。 ➡
物品

例 林(りん)さんのお家(うち)は　どこですか。
新竹(しんちく)です。

お国(くに)は　どこですか。
アメリカです。

かばんは　どこですか。
あそこです。

問答練習
① お家(うち)は　どこですか。（新竹(しんちく)）
② お国(くに)は　どこですか。（日本(にほん)）
③ 靴(くつ)は　どこですか。（そこ）

文法

❶ ここ／そこ／あそこ　は　地名　です。

ここ
そこ　　は　[地名]　です。
あそこ

表達「場所」的指示代名詞：

ここ（這裡）、そこ（那裡）、あそこ（較遠的那裡）

表達「方向」的指示代名詞：

こちら（這邊）、そちら（那邊）、あちら（較遠的那邊）

注意

「こちら」、「そちら」、「あちら」和「ここ」、「そこ」、「あそこ」的用法一樣，但是「こちら」、「そちら」、「あちら」有方向和場所二種意思，而「ここ」、「そこ」、「あそこ」遍指場地。若都以場地的情況，使用「こちら」、「そちら」、「あちら」比較有禮貌。

❷「疑問詞」複習

どこ	どちら	どれ	どの＋名詞	どなた
哪裡	哪一邊	哪一個	哪一個～	哪一位

❸「こ」、「そ」、「あ」、「ど」複習

中文意思	這	那	那（較遠的）	哪
日文	こ	そ	あ	ど
表達「物品」時	これ	それ	あれ	どれ
表達「人」或「物品」時	この＋[名詞]	その＋[名詞]	あの＋[名詞]	どの＋[名詞]
表達「方向」時	こちら	そちら	あちら	どちら
表達「場所」時	ここ	そこ	あそこ	どこ
表達「誰」時				どなた
表達「怎麼樣的」時				どんな

❹「お」的用法

「お」是敬語的表示。

例 田中さんのお家(うち)は　どこですか。

➡ お家(うち)は　どこですか。　府上是哪裡？

お国(くに)は　どこですか。　您是哪一國人？

注意

お会社(かいしゃ)は　どこですか。（×）

会社(かいしゃ)は　どこですか。（○）　貴社在哪裡？

➡「お」不能加在「会社(かいしゃ)」前面。

❺ 靴(くつ)は　そこです。鞋子在那裡。

這句話也可以說成「靴(くつ)は　そこにあります。」，可參照第十九課一併學習。

❻「トイレ」和「お手洗(てあら)い」

「トイレ」是英文「toilet」翻譯過來的外來語，現在比較常用。

「お手洗(てあら)い」是比較老舊的講法，和日本年紀較長者說話時，還是用「お手洗(てあら)い」。

小測驗

一・單字測驗

1. (　　) 哪裡　① ここ　② どこ　③ あそこ
2. (　　) 廁所　① トイレ　② スーパー　③ ネクタイ
3. (　　) 教室　① へや　② きょうしつ　③ としょかん
4. (　　) 郵局　① ぎんこう　② こうえん　③ ゆうびんきょく
5. (　　) 圖書館　① としょかん　② こうえん　③ ぎんこう
6. (　　) 公園　① きょうしつ　② ぎんこう　③ こうえん
7. (　　) 車站　① ゆうびんきょ　② ぎんこう　③ えき
8. (　　) 洗手間　① おてあらい　② ゆうびんきょ　③ こうえん
9. (　　) 超市　① トイレ　② スーパー　③ ネクタイ
10. (　　) 學校　① ぎんこう　② がっこう　③ きょうしつ

二・填充選擇

1. (　　) ________は　銀行ですか。　① どれ　② どの　③ どこ
2. (　　) ________は　トイレです。　① これ　② この　③ ここ
3. (　　) 学校は　________です。　① そちら　② そこ　③ その
4. (　　) A：ここは　教室ですか。　① そうです。　② ちがいます。
   B：いいえ、________。
   図書館です。
5. (　　) A：山下さんの________は　① おかいしゃ　② おくに
   どちらですか。
   B：日本です。

三・翻譯

1. 山下先生府上在哪裡？

____

2. 那裡（較遠）是公園。

____

3. 日語書在哪裡？

____

4. 這是水嗎？不，不是。是茶。

____

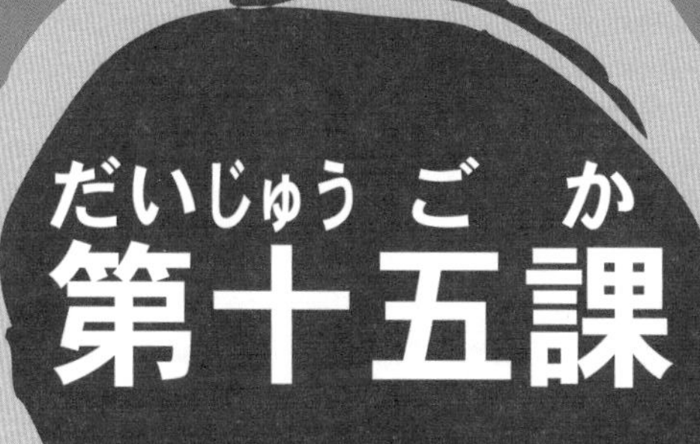

このパンは　いくらですか。

學習重點！

❶ 重要句型：

「名詞 は　いくらですか。（詢問價格）」

「名詞 を　ください。（請給我～。）」

❷ 數字的說法。

❸ 電話號碼的說法。

單字 CD◎61

中文	漢字・原文	重音・假名
多少錢		1 いくら
日圓	円	1 えん
台幣	元	1 げん
美元	dollar	1 ドル
你	貴方	2 あなた
時鐘	時計	0 とけい
相機	camera	1 カメラ
鞋子	靴	2 くつ
領帶	necktie	1 ネクタイ
蘋果	林檎	0 りんご
麵包	【葡】pão	1 パン
蛋糕	cake	1 ケーキ
果汁	juice	1 ジュース
咖啡	coffee	3 コーヒー
千	千	1 せん
萬	万	1 まん
億	億	1 おく
零	零	1 れい
零	zero	1 ゼロ

其他數字

1 ～ 10

1	2	3	4	5	6	7	8	9	10
いち	に	さん	し / よん	ご	ろく	しち / なな	はち	く / きゅう	じゅう

11 ～ 20

11	12	13	14	15	16	17	18	19	20
じゅういち	じゅうに	じゅうさん	じゅうよん / じゅうし	じゅうご	じゅうろく	じゅうなな / じゅうしち	じゅうはち	じゅうきゅう / じゅうく	にじゅう

30 ～ 90

30	40	50	60	70	80	90
さんじゅう	よんじゅう	ごじゅう	ろくじゅう	ななじゅう / しちじゅう	はちじゅう	きゅうじゅう

100以上

100	200	300	400	500	600	700	800	900
ひゃく	にひゃく	さんびゃく	よんひゃく	ごひゃく	ろっぴゃく	ななひゃく	はっぴゃく	きゅうひゃく

このパンは　いくらですか。

おう　　：このパンは　いくらですか。
みやもと：はちじゅうえんです。

おう　　：あのパンは　いくらですか。
みやもと：あれは　ごじゅうえんです

おう　　：コーヒーは　いくらですか。
みやもと：ひゃくえんです。

おう　　：じゃ、あのパンとコーヒーを　ください。
みやもと：はい、わかりました。

會話翻譯

このパンは　いくらですか。
這個麵包多少錢呢？

王（おう）　：このパンは　いくらですか。
宮本（みやもと）：８０円（はちじゅうえん）です。

王　：這個麵包多少錢呢？
宮本：八十日圓。

王（おう）　：あのパンは　いくらですか。
宮本（みやもと）：あれは　５０円（ごじゅうえん）です。

王　：那個麵包多少錢呢？
宮本：那個是五十日圓。

王（おう）　：コーヒーは　いくらですか。
宮本（みやもと）：100円（ひゃくえん）です。

王　：咖啡多少錢呢？
宮本：一百日圓。

王（おう）　：じゃ、あのパンとコーヒーを　ください。
宮本（みやもと）：はい、分（わ）かりました。

王　：那麼，給我那個麵包和咖啡。
宮本：是的，知道了。

小叮嚀

說價錢時，要注意單位是「円（えん）」（日圓），還是「元（げん）」（台幣）。

文型 CD 63

詢問價格

名詞 は いくらですか。

靴(くつ)は いくらですか。	鞋子多少錢呢？
カメラは いくらですか。	相機多少錢呢？
時計(とけい)は いくらですか。	時鐘多少錢呢？

請對方給～

名詞 を ください。

りんごを ください。	請給我蘋果。
ノートを ください。	請給我筆記本。
ネクタイを ください。	請給我領帶。

～和～

名詞 ＋ と ＋ 名詞

パンとコーヒー	麵包和咖啡
お茶(ちゃ)とケーキ	茶和蛋糕
私(わたし)とあなた	我和你

回答「知道了」時

はい、分(わ)かりました。

寿司(すし)を ください。	請給我壽司。
はい、分(わ)かりました。	好的，知道了。

文型練習

用口語練習下列數字

口語練習

① 1～10

4	6	7	9	1

② 11～20

11	13	15	18	14

③ 十位數

20	40	50	70	90

練習2

請說家中電話號碼（「-」唸「の」）

例 02-2557-4345

➡ ゼロにの　にごごななの　よんさんよんご

0915-382941

➡ ゼロきゅういちごの　さんはちにきゅうよんいち

04-5994-8863

➡ ゼロよんの　ごきゅうきゅうよんの　はちはちろくさん

練習3

用口語練習「名詞 を　ください。」句型

口語練習

① 請給我麵包。（パン）

② 請給我茶。（お茶）

③ 請給我領帶。（ネクタイ）

練習4

用口語練習「名詞は　いくらですか。」句型

口語練習

① 花多少錢？（花（はな））

② 時鐘多少錢？（時計（とけい））

③ 那個多少錢？（それ）

練習5

用口語練習「名詞と名詞」用法

口語練習

① 帽子和皮包

② 日語和英語

③ 麵包和咖啡

文法

❶ 這一課最主要是練習數字，請反覆練習，直到熟練為止。

❷ 數字要注意唸法的變化。

❸ りんごを　ください。

這句話其實是「りんごを　取(と)ってください。」（請幫我拿蘋果。）省略掉「取(と)る」（拿）這個動詞。

❹ 名詞 は　いくらですか。

「いくら」是詢問多少錢，詢問時要注意是日圓「円(えん)」，還是台幣「元(げん)」，在台灣翻譯時一定要說清楚。

❺ 號碼

練習數字時，號碼是一個非常棒的練習方式。

例 班上座號：

3號 ➡ 3番(さんばん)

例 樓層：

2樓 ➡ 2階(にかい)（請參考本書附錄）

例 電話號碼：

「0」唸「ゼロ」也唸「れい」。

「-」唸「の」

02-2557-4345

➡ ゼロにの　にごごななの　よんさんよんご

732-4025

➡ ななさんにの　よんれいにご

小測驗

一・單字測驗

1. （　　）時鐘　① ネクタイ　② とけい　③ くつ
2. （　　）相機　① カメラ　② ジュース　③ ネクタイ
3. （　　）鞋子　① へや　② くつ　③ ふく
4. （　　）領帶　① カメラ　② ジュース　③ ネクタイ
5. （　　）果汁　① くだもの　② ジュース　③ コーヒー
6. （　　）美元　① えん　② げん　③ ドル
7. （　　）台幣　① えん　② げん　③ ドル
8. （　　）日圓　① えん　② げん　③ ドル
9. （　　）麵包　① パン　② スーパー　③ ネクタイ
10. （　　）多少錢　① いくつ　② いくら　③ どちら

二・填充測驗

1. A：このパンは　＿＿＿＿＿ですか。
   B：80円です。

2. パン＿＿＿＿＿コーヒーを　ください。

3. ジュース＿＿＿＿＿　ください。

三・數字練習

0	4	8	10	19
26	37	67	100	1000

第十六課（だいじゅうろっか）

今日（きょう）は　何曜日（なんようび）ですか。

學習重點！

❶ 重要句型：
「今日（きょう）は　何曜日（なんようび）ですか。」
（詢問星期幾）

❷ 星期的說法。

❸「です」（現在式、未來式）以及
「でした」（過去式）的用法。

❹ 助詞「から」、「まで」的用法。

單字 CD 64

中文	漢字・原文	重音・假名
星期日	日曜日	3 にちようび
星期一	月曜日	3 げつようび
星期二	火曜日	2 かようび
星期三	水曜日	3 すいようび
星期四	木曜日	3 もくようび
星期五	金曜日	3 きんようび
星期六	土曜日	2 どようび
星期幾	何曜日	3 なんようび
今天	今日	1 きょう
明天	明日	3 あした
昨天	昨日	2 きのう
上午	午前	1 ごぜん
下午	午後	1 ごご
早上	朝	1 あさ
晚上	夜	1 よる
百貨公司	department store的省略	2 デパート
雨	雨	1 あめ
考試	test	1 テスト
休息、放假	休み	3 やすみ
台北	台北	0 タイペイ
高雄	高雄	1 たかお
日本	日本	2 にほん

會話 CD 47

きょうは　なんようびですか。

りん　：きょうは　なんようびですか。
きむら：きょうは　きんようびです。

りん　：あしたは　どようびですね。
きむら：そうです。

りん　：どようびとにちようび、がっこうは　やすみです。
きむら：いいですね。

りん　：どようび、デパートは　やすみですか。
きむら：いいえ、やすみでは　ありません。

會話翻譯

今日(きょう)は　何曜日(なんようび)ですか。

今天星期幾？

林(りん)　：今日(きょう)は　何曜日(なんようび)ですか。
木村(きむら)：今日(きょう)は　金曜日(きんようび)です。

林　：今天星期幾呢？
木村：今天是星期五。

林(りん)　：明日(あした)は　土曜日(どようび)ですね。
木村(きむら)：そうです。

林　：明天是星期六了呢。
木村：是的。

林(りん)　：土曜日(どようび)と日曜日(にちようび)、学校(がっこう)は　休(やす)みです。
木村(きむら)：いいですね。

林　：星期六和星期日學校不上課。
木村：真好啊。

林(りん)　：土曜日(どようび)、デパートは　休(やす)みですか。
木村(きむら)：いいえ、休(やす)みでは　ありません。

林　：星期六百貨公司休息嗎？
木村：不，沒有休息。

「きょう」是今天，「きのう」是昨天，初學者二者很容易搞混。

文型 CD 66

現在肯定句

～です。

今日は　日曜日です。　今天是星期日。

過去肯定句

～でした。

昨日は　土曜日でした。　昨天是星期六。

疑問句

～ですか。

明日は　何曜日ですか。　明天星期幾呢？

AからBまで（從A到B時間）

時間 から　時間 まで

月曜日から　金曜日まで　学校です。　從星期一到星期五都上學。

AからBまで（從A到B地點）

地點 から　地點 まで

家から　学校まで　２０分です。　從家裡到學校要二十分鐘。

文型練習

練習1

今日（きょう）は　日曜日（にちようび）です。
明日（あした）は　月曜日（げつようび）です。

練習2

A：今日（きょう）は　何曜日（なんようび）ですか。
B：火曜日（かようび）です。
A：明日（あした）は　何曜日（なんようび）ですか。
B：木曜日（もくようび）です。

練習3

昨日（きのう）は　水曜日（すいようび）でした。
昨日（きのう）は　何曜日（なんようび）でしたか。

練習4

午前（ごぜん）から　午後（ごご）まで　テストです。
月曜日（げつようび）から　木曜日（もくようび）まで　日本（にほん）です。

練習5

台湾（たいわん）から　日本（にほん）まで　3時間（さんじかん）です。
学校（がっこう）は　ここから　あそこまでです。

文法

❶ 今日は　日曜日です。昨日は　土曜日でした。

這一課主要是練習星期，但是開始要注意「現在式」和「過去式」。
「今日」和「明日」是現在式和未來式，語尾直接用「です」；
「昨日」為過去式，「です」就要變成「でした」。

❷ Aから　Bまで（從A到B）

此句型可分為「時間」和「地點」的起始和結束。

例 時間上：
月曜日から　金曜日まで　学校です。
從星期一到星期五要上學。
此時，「時間」要寫在「から」、「まで」的前面。

例 地點上：
台北駅から　高雄駅まで　３８０元です。
台北車站到高雄車站，要三百八十元。
用法同上，「地點」要寫在「から」、「まで」的前面。

❸「疑問詞」也要注意「現在式」和「過去式」的時態

例 今日は　日曜日ですか。　今天是星期日嗎？
明日は　月曜日ですか。　明天是星期一嗎？
昨日は　何曜日でしたか。　昨天是星期幾呢？

❹「何曜日」的「何」，唸法是「なん」

例 これは　何ですか。

注意
「何月」、「何日」、「何曜日」都是唸「なん」，
但是「何？」則是唸「なに」。

小測驗

一・單字測驗

1. (　　)	星期三	① かようび	② すいようび	③ にちようび
2. (　　)	星期幾	① なんようび	② なにようび	③ どのようび
3. (　　)	雨	① へや	② あぺ	③ あめ
4. (　　)	星期四	① かようび	② げつようび	③ もくようび
5. (　　)	考試	① テニス	② テスト	③ トイレ
6. (　　)	星期六	① どようび	② にちようび	③ きんようび
7. (　　)	早上	① あめ	② よる	③ あさ
8. (　　)	星期二	① にちようび	② かようび	③ もくようび
9. (　　)	下午	① ごご	② ごぜん	③ よる
10. (　　)	星期五	① きんようび	② ごようび	③ どようび

二・填充測驗

1. A：今日　は__________ですか。
   B：金曜日です。

2. 昨日は　木曜日__________。

3. 朝__________夜__________は　雨です。

4. 東京__________台北__________は　飛行機です。

5. A：今日は　木曜日です。
   B：__________は　金曜日です。

だいじゅうななか
第十七課

おお
このりんごは　大きいです。

學習重點！

❶ 重要句型：
「主詞 は　イ形容詞 です。」
「イ形容詞 ＋ 名詞 です。」

❷ 常用的日語「イ形容詞」語彙。

❸「イ形容詞」的「否定」表現。

單字 CD 67

中文	漢字・原文	重音・假名
今年	今年	0 ことし
冬天	冬	2 ふゆ
夏天	夏	2 なつ
拉麵		1 ラーメン
玩具		2 おもちゃ
數學	数学	0 すうがく
水果	果物	2 くだもの
香蕉	banana	1 バナナ
好吃的	美味しい	3 おいしい
難吃的	不味い	2 まずい
大的	大きい	3 おおきい
小的	小さい	3 ちいさい
貴的、高的	高い	2 たかい
便宜的	安い	2 やすい
寒冷的	寒い	2 さむい
炎熱的	暑い	2 あつい
新的	新しい	4 あたらしい
舊的、古老的	古い	2 ふるい
有趣的	面白い	4 おもしろい

このりんごは　おおきいです。

りん　：このりんごは　おおきいです。おいしいですか。
きむら：おいしいです。

りん　：おおきいりんごは　たかいですか。
きむら：たかくないです。やすいです。

りん　：あのりんごは　ちいさいですね。おいしいですか。
きむら：ちいさいりんごも　おいしいです。

會話翻譯

このりんごは　大(おお)きいです。

這個蘋果很大。

林(りん)　：このりんごは　大(おお)きいです。おいしいですか。
木村(きむら)：おいしいです。

林　：這個蘋果很大。好吃嗎？
木村：很好吃。

林(りん)　：大(おお)きいりんごは　高(たか)いですか。
木村(きむら)：高(たか)くないです。安(やす)いです。

林　：大的蘋果很貴嗎？
木村：不貴。很便宜。

林(りん)　：あのりんごは　小(ちい)さいですね。おいしいですか。
木村(きむら)：小(ちい)さいりんごも　おいしいです。

林　：那個蘋果很小呢。好吃嗎？
木村：小的蘋果也很好吃。

「高(たか)い」有二個意思，一是高的，一是貴的，要看句型來解釋。

文型 CD 69

イ形容詞句型

主詞 は　イ形容詞 です。

冬は　寒いです。　冬天很寒冷。

夏は　暑いです。　夏天很炎熱。

イ形容詞接續名詞

イ形容詞 ＋ 名詞 です。

りんごは　おいしい果物です。　蘋果是好吃的水果。

これは　新しい車です。　這是新的車。

イ形容詞的否定

イ形容詞 です。➡ イ形容詞 去い ＋ くないです。

数学は　おもしろくないです。　數學不有趣。

このラーメンは　おいしくないです。　這拉麵不好吃。

文型練習

練習1

この靴(くつ)は　古(ふる)いです。

日本語(にほんご)は　おもしろいです。

寿司(すし)は　おいしいです。

練習2

これは　新(あたら)しい車(くるま)です。

それは　古(ふる)い傘(かさ)です。

あれは　おもしろいおもちゃです。

練習3

私(わたし)の車(くるま)は　大(おお)きくないです。

台湾(たいわん)の冬(ふゆ)は　寒(さむ)くないです。

今年(ことし)のバナナは　おいしくないです。

文法

❶ 主詞 は　イ形容詞 です。

這一課主要是學習「イ形容詞」，這類形容詞最大的特色是語尾是「い」。

例 おいしい（美味的）　　まずい（難吃的）
高い（貴的；高的）　　安い（便宜的）
暑い（炎熱的）　　寒い（寒冷的）

這一課的主要句型是：名詞 は イ形容詞 です。

例 りんごは　おいしいです。　蘋果很好吃。
夏は　暑いです。　夏天很炎熱。

注意

「イ形容詞」和「ナ形容詞」語尾變化不一樣，
「ナ形容詞」的變化，將於第十八課詳述。

❷ イ形容詞 接續 名詞

「イ形容詞」要接續名詞時 ➡ 直接接名詞即可。

例 小さい車　小的車
大きいりんご　大的蘋果
おいしい寿司　好吃的壽司

❸「イ形容詞」的否定表現

語尾「い」要改變為「くない」。

例 おいしい ➡ おいしくない　好吃 ➡ 不好吃
高い ➡ 高くない　貴 ➡ 不貴
寒い ➡ 寒くない　冷 ➡ 不冷

❹「イ形容詞」的重音

「イ形容詞」的重音，原則上都在「い」的前面

例 2 安（やす）い ➡ やす|い

2 寒（さむ）い ➡ さむ|い

4 おもしろい ➡ おもしろ|い

4 新（あたら）しい ➡ あたらし|い

❺ 名詞 は イ形容詞 です。
名詞 は イ形容詞 去い＋くないです。

「イ形容詞 去い＋くない」雖然是否定，但敬語表現時，後面還是加「です」。

例 寒（さむ）くないです。　不冷

おいしくないです。　不好吃

小測驗

一・單字測驗

1. （　　）好吃的　① おもしろい　② さむい　③ おいしい　④ あたらしい
2. （　　）小的　① ちさい　② おおきい　③ おもしろい　④ ちいさい
3. （　　）便宜的　① やすい　② やさしい　③ たかい　④ おもしろい
4. （　　）寒冷的　① あつい　② さむい　③ やすい　④ たかい
5. （　　）新的　① おおきい　② ちいさい　③ あたらしい　④ さむい
6. （　　）有趣的　① おいしい　② おおきい　③ あたらしい　④ おもしろい
7. （　　）拉麵　① ライス　② ラーメン　③ パン　④ ラメン
8. （　　）冬天　① ふゆ　② ゆき　③ ふと　④ ふじ
9. （　　）夏天　① なめ　② なて　③ なつ　④ なに
10. （　　）玩具　① おもちゃ　② おみちゃ　③ おもちゅ　④ にめちゃ

二・形容詞變化練習

請將イ形容詞接續名詞

例 大きい / 寿司 ➡ 大きい寿司

1. 寒い / 冬 ➡ ____________________
2. おもしろい / おもちゃ ➡ ____________________
3. 大きい / かばん ➡ ____________________
4. 古い / 靴 ➡ ____________________
5. 高い / りんご ➡ ____________________

請將イ形容詞改成否定形

例 おいしい ➡ おいしくない

1. 安い ➡ ____________________
2. 新しい ➡ ____________________
3. 暑い ➡ ____________________
4. 小さい ➡ ____________________
5. まずい ➡ ____________________

日本的主題遊樂園

Q：下列哪些景點，算是「主題遊樂園」？

A 東京迪士尼樂園　　B 日本環球影城

C 豪斯登堡　　D 以上皆是

到日本旅遊，絕對不能錯過的，還有「**テーマパーク**」（主題遊樂園），指的就是「以特定主題（特定國家的文化、童話、電影、歷史等）為主軸的觀光設施」。

日本的主題遊樂園分成很多種，像最受大家喜愛、號稱「夢與魔法王國」的「**東京**（とうきょう）**ディズニーランド**」（東京迪士尼樂園），以及位於大阪的「**ユニバーサル・スタジオ・ジャパン**」（日本環球影城），都屬於「遊樂設施」型主題遊樂園，可以瘋狂玩樂。

而位於九州長崎、模擬荷蘭街道景觀的「**ハウステンボス**」（豪斯登堡），則屬於「庭園風」的主題遊樂園，很適合漫步於其中，享受異國風情。其他還有位於愛知縣的「**博物館明治村**（はくぶつかんめいじむら）」（博物館明治村），裡頭有日本明治時代各種建築，則屬於寓教於樂的「文化城」型主題遊樂園。相信不管哪一種，都會讓您流連忘返！

解答：D

だいじゅうはっか
第十八課

まち　　にぎ
あの町は　賑やかですね。

學習重點！

1. 重要句型：
   「主詞 は　ナ形容詞 です。」
   「ナ形容詞 ＋ 名詞 です。」
   「主詞 は 名詞 が　好(す)きです。」
2. 常用的日語「ナ形容詞」語彙。
3. 「ナ形容詞」的「否定」表現。

單字 CD 70

中文	漢字・原文	重音・假名
街道	町	2 まち
餐廳	restaurant	1 レストラン
料理	料理	1 りょうり
中國菜	中華料理	4 ちゅうかりょうり
建築物	建物	2 3 たてもの
人	人	0 ひと
網球	tennis	1 テニス
天婦羅	天ぷら	0 てんぷら
多的	多い	2 おおい
安靜的	静か	1 しずか
熱鬧的、吵鬧的	賑やか	2 にぎやか
喜歡的	好き	2 すき
討厭的	嫌い	0 きらい
有名的	有名	0 ゆうめい
厲害的、拿手的	上手	3 じょうず
差勁的、不拿手的	下手	2 へた
親切的	親切	1 しんせつ
漂亮的	綺麗	1 きれい
帥的	handsome	1 ハンサム
氣派的	立派	0 りっぱ

あのまちは　にぎやかですね。

りん　：あのまちは　にぎやかですね。
きむら：ゆうめいなレストランが　おおいです。

りん　：どんなりょうりが　すきですか。
きむら：ちゅうかりょうりが　すきです。

りん　：きむらさんは　りょうりが　じょうずですか。
きむら：じょうずでは　ありません。へたです。

會話翻譯

あの町(まち)は　賑(にぎ)やかですね。

那條街很熱鬧呢。

林(りん)　：あの町(まち)は　賑(にぎ)やかですね。
木村(きむら)：有名(ゆうめい)なレストランが　多(おお)いです。

林　：那條街很熱鬧呢。
木村：有許多有名的餐廳。

林(りん)　：どんな料理(りょうり)が　好(す)きですか。
木村(きむら)：中華料理(ちゅうかりょうり)が　好(す)きです。

林　：喜歡什麼料理呢？
木村：喜歡中國菜。

林(りん)　：木村(きむら)さんは　料理(りょうり)が　上手(じょうず)ですか。
木村(きむら)：上手(じょうず)では　ありません。下手(へた)です。

林　：木村小姐做菜很拿手嗎？
木村：不怎麼拿手。很差勁。

小叮嚀

「どんな料理(りょうり)が　好(す)きですか。」這句話，要用「どんな料理(りょうり)」問「怎麼樣的料理」，而非「どの料理(りょうり)」。

文型 CD 72

ナ形容詞句型

主詞 は　ナ形容詞 です。

林さんは　親切です。　林小姐很親切。

ナ形容詞接續名詞

ナ形容詞 + な + 名詞 です。

賑やかな町です。　熱鬧的街道。

ナ形容詞的否定

ナ形容詞 です。➡ ナ形容詞 では　ありません。

静かです。➡ 静かでは　ありません。　安靜的。➡ 不安靜的。

喜歡～

～が　好きです。

日本語が　好きです。　喜歡日文。

文型練習

練習1

先生（せんせい）は　きれいです。

あの建物（たてもの）は　立派（りっぱ）です。

練習2

陳（ちん）さんは　親切（しんせつ）な人（ひと）です。

田中（たなか）さんは　きれいな人（ひと）です。

練習3

テニスは　上手（じょうず）では　ありません。

この学校（がっこう）は　有名（ゆうめい）では　ありません。

練習4

天（てん）ぷらが　好（す）きです。

バナナが　好（す）きです。

文法

❶ 主詞 は　ナ形容詞 です。

這一課主要是學習「ナ形容詞」，「ナ形容詞」的語尾不固定。

例「静か」、「簡単」、「好き」、「嫌い」

都是「ナ形容詞」，語尾沒有固定的形態。

這一課主要的句型是：主詞 は　ナ形容詞 です。

例 この町は　静かです。　這街道很安靜。

❷ ナ形容詞 接續 名詞

「ナ形容詞」接續名詞 ➡ ナ形容詞 ＋ な ＋ 名詞

例 静かな町（安靜的街道）、好きな人（喜歡的人）

❸「ナ形容詞」的否定表現

語尾直接加「では　ありません」。

例 上手です。➡ 上手では　ありません。　厲害 ➡ 不厲害

親切です。➡ 親切では　ありません。　親切 ➡ 不親切

❹ 外型像「イ形容詞」的「ナ形容詞」

例 きれい ➡ きれいな人　漂亮的 ➡ 漂亮的人

嫌い ➡ 嫌いな人　討厭的 ➡ 討厭的人

❺ 名詞 が　好きです。

此句型中，「が」是助詞，表達「好」（好き）、「惡」（嫌い）的時候，要用助詞「が」。

例 りんごが　好きです。　喜歡蘋果。

バナナが　嫌いです。　討厭香蕉。

小測驗

一・單字測驗

1. (　　) 安靜的　① にぎやか　② しずか　③ きれい
2. (　　) 吵鬧的　① にぎやか　② しずか　③ へた
3. (　　) 厲害的　① きれい　② へた　③ じょうず
4. (　　) 漂亮的　① きれい　② じょうず　③ しずか
5. (　　) 街道　① また　② まつ　③ まち
6. (　　) 建築物　① たてもの　② たべもの　③ たてめの
7. (　　) 喜歡的　① じょうず　② すき　③ きらい
8. (　　) 討厭的　① すき　② へた　③ きらい
9. (　　) 不拿手的　① へた　② へだ　③ べた
10. (　　) 親切的　① しせつ　② しんせつ　③ しんせず

二・形容詞變化練習

請將ナ形容詞接續名詞

例 静か / 町 ➡ 静かな町

1. 上手 / 料理 ➡ ______________________
2. 親切 / 先生 ➡ ______________________
3. きれい / かばん ➡ ______________________
4. 有名 / 学校 ➡ ______________________
5. 好き / りんご ➡ ______________________

三・翻譯

1. 我喜歡漂亮的皮包。

____

2. 那裡是有名的街道。

____

3. 日文很拿手。

____

4. 數學很差勁。

____

5. 那個人不親切。

____

五顏六色，日文怎麼說？

Q：日本的紅綠燈的「綠燈」，日文怎麼說？

A 赤信号（あかしんごう） **B 緑信号（みどりしんごう）**

C 青信号（あおしんごう） **D 黄信号（きしんごう）**

到日本百貨公司購物，不會說的日文，可以用比的，但是有關「顏色」的日文，如果能記起來，溝通會更加順暢。各種顏色的日文整理如下：

黒（くろ）（黑色）	グレー（灰色）	白（しろ）（白色）
赤（あか）（紅色）	オレンジ（橙色）	黄色（きいろ）（黃色）
緑（みどり）（綠色）	青（あお）（藍色）	水色（みずいろ）（淺藍色）
紫（むらさき）（紫色）	ピンク（粉紅色）	茶色（ちゃいろ）（咖啡色）

儘管以上的顏色日文是這麼說，但是您知道有個例外嗎？那就是日本的交通號誌，明明是紅色和綠色，「紅燈」叫做「赤信号（あかしんごう）」，「綠燈」卻不叫「緑信号（みどりしんごう）」，而稱「青信号（あおしんごう）」。別吃驚，這是由來已久的習慣，並不是弄錯顏色喔！

解答：C

だいじゅうきゅう　か
第十九課

お母（かあ）さんは　どこに　いますか。

學習重點！

❶「人和動物」所在場所的表現：

重要句型：

「主詞 は　場所 に　います。」

「場所 に　主詞 が　います。」

❷「事物」所在場所的表現：

重要句型：

「主詞 は　場所 に　あります。」

「場所 に　主詞 が　あります。」

❸ 方位的說法。

單字 CD 73

中文	漢字・原文	重音・假名
庭院	庭	0 にわ
池塘	池	2 いけ
動物園	動物園	4 どうぶつえん
電影院	映画館	3 えいがかん
車站前	駅前	0 えきまえ
櫃檯	受付	0 うけつけ
上面	上	0 うえ
下面	下	0 した
中間	中	1 なか
隔壁	隣	0 となり

中文	漢字・原文	重音・假名
母親（令堂）	お母さん	2 おかあさん
父親（令尊）	お父さん	2 おとうさん
電腦	computer	3 コンピューター
學生	生徒	1 せいと
高校生	高校生	3 こうこうせい
貓熊	panda	1 パンダ
狗	犬	2 いぬ
魚	魚	0 さかな
寵物	pet	1 ペット
車票	切符	3 きっぷ
字典	辞書	1 じしょ
錢	お金	0 おかね

會話 CD 74

おかあさんは　どこに　いますか。

さとみ：おかあさんは　どこに　いますか。
あやこ：へやに　います。

さとみ：おとうさんも　いますか。
あやこ：いません。いぬも　いません。

さとみ：へやに　コンピューターが　ありますか。
あやこ：あります。

さとみ：テレビは　ありますか。
あやこ：ありません。

會話翻譯

お母(かあ)さんは　どこに　いますか。

母親在哪裡？

里美(さとみ)：お母(かあ)さんは　どこに　いますか。
綾子(あやこ)：部屋(へや)に　います。

里美　：母親在哪裡？
綾子　：在房間。

里美(さとみ)：お父(とう)さんも　いますか。
綾子(あやこ)：いません。犬(いぬ)も　いません。

里美　：父親也在嗎？
綾子　：不在。狗也不在。

里美(さとみ)：部屋(へや)に　コンピューターが　ありますか。
綾子(あやこ)：あります。

里美　：房間裡有電腦嗎？
綾子　：有的。

里美(さとみ)：テレビは　ありますか。
綾子(あやこ)：ありません。

里美　：有電視嗎？
綾子　：沒有。

「犬(いぬ)」等動物，跟人一樣用「います」、「いません」。

文型 CD 75

敘述人或動物的所在場所

名詞 は　地方 に　います。

生徒は　教室に　います。　　學生在教室裡。

敘述場所有人或動物的存在

地方 に　名詞 が　います

動物園に　パンダが　います。　　動物園裡面有貓熊。

敘述事物的所在場所

名詞 は　地方 に　あります。

切符は　受付に　あります。　　車票在櫃檯。

敘述場所有事物的存在

地方 に　名詞 が　あります。

かばんの中に　お金が　あります。　　包包裡有錢。

文型練習

練習1

犬は　椅子の下に　います。
高校生は　図書館に　います。

練習2

部屋に　ペットが　います。
池に　魚が　います。

練習3

映画館は　駅前に　あります。
トイレは　教室の隣に　あります。

練習4

机の上に　コーヒーが　あります。
図書館に　辞書が　あります。

文法

❶ 主詞 は　場所 に　います。

這一課主要是學習存在動詞「います」、「あります」。

人類、動物用「います」，是「在」的意思，「に」放在「場所」的後面。

例 田中さんは　部屋に　います。　田中先生在房間。
田中さんは　トイレに　います。　田中先生在廁所。

❷ 場所 に　主詞 が　います。

「場所」和「主詞」可以交換位置。

「に」還是要放在「場所」的後面，但是主詞後面的「は」，要改成「が」。

例 部屋に　田中さんが　います。　田中先生在房間。
田中さんは　部屋に　います。　田中先生在房間。

❸ 主詞 は　場所 に　あります。

「東西」和「物品」則用「あります」，意思也是「在」的意思 。

「に」放在「場所」的後面。

例 テレビは　部屋に　あります。　電視在房間。

❹ 場所 に　主詞 があります。

用法和「います」一樣。場所和主詞可以交換位置，「に」還是放在場所後面，但主詞後面「は」改成「が」。

例 かばんに　お金が　あります。　包包裡面有錢。
お金は　かばんの中に　あります。　錢在包包裡面。

小測驗

一・單字測驗

1. (　　) 池塘　① いく　② いけ　③ いき
2. (　　) 電影院　① えいがかん　② ぎんこう　③ がっこう
3. (　　) 車站前　① えきあと　② えきなか　③ えきまえ
4. (　　) 庭院　① にわ　② トイレ　③ へや
5. (　　) 電腦　① ラーメン　② パソコン　③ コンピューター
6. (　　) 貓熊　① ペット　② ペンチ　③ パンダ
7. (　　) 隔壁　① うえ　② となり　③ した
8. (　　) 生徒　① せと　② せいと　③ せえと
9. (　　) 寵物　① パンダ　② ペンチ　③ ペット
10. (　　) 字典　① じしゅ　② じしょ　③ じしょう

二・填充測驗

1. 生徒は　教室に　＿＿＿＿＿＿。
2. 池＿＿＿＿＿＿　魚が　います。
3. 映画館は　駅前に　＿＿＿＿＿＿。
4. 図書館に　辞書＿＿＿＿＿＿　あります。
5. 犬は　椅子＿＿＿＿＿＿下＿＿＿＿＿＿　います。
6. かばんの＿＿＿＿＿＿に　お金が　＿＿＿＿＿＿。
7. 高校生＿＿＿＿＿＿　図書館に　＿＿＿＿＿＿。

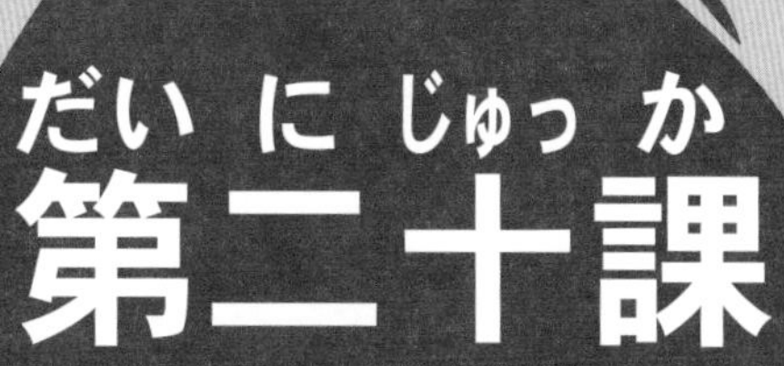

だい に じゅっ か
第二十課

きょう　なんがつなんにち
今日は　何月何日ですか。

學習重點！

1. 學習月份。
2. 學習日期。
3. 學習時間。

單字 CD 76

月份

1	2	3	4	5	6
いちがつ 一月	にがつ 二月	さんがつ 三月	しがつ 四月	ごがつ 五月	ろくがつ 六月
7	8	9	10	11	12
しちがつ 七月	はちがつ 八月	くがつ 九月	じゅうがつ 十月	じゅういちがつ 十一月	じゅうにがつ 十二月
幾月	上個月	這個月	下個月	下下個月	
なんがつ 何月	せんげつ 先月	こんげつ 今月	らいげつ 来月	さらいげつ 再来月	

日期

1	2	3	4	5	6	7
ついたち 一日	ふつか 二日	みっか 三日	よっか 四日	いつか 五日	むいか 六日	なのか 七日
8	9	10	11	12	13	14
ようか 八日	ここのか 九日	とおか 十日	じゅういちにち 十一日	じゅうににち 十二日	じゅうさんにち 十三日	じゅうよっか 十四日
15	16	17	18	19	20	21
じゅうごにち 十五日	じゅうろくにち 十六日	じゅうしちにち 十七日	じゅうはちにち 十八日	じゅうくにち 十九日	はつか 二十日	にじゅういちにち 二十一日
22	23	24	25	26	27	28
にじゅうににち 二十二日	にじゅうさんにち 二十三日	にじゅうよっか 二十四日	にじゅうごにち 二十五日	にじゅうろくにち 二十六日	にじゅうしちにち 二十七日	にじゅうはちにち 二十八日
29	30	31	幾日			
にじゅうくにち 二十九日	さんじゅうにち 三十日	さんじゅういちにち 三十一日	なんにち 何日			

時間

1	2	3	4	5	6
一時（いちじ）	二時（にじ）	三時（さんじ）	四時（よじ）	五時（ごじ）	六時（ろくじ）
7	8	9	10	11	12
七時（しちじ）	八時（はちじ）	九時（くじ）	十時（じゅうじ）	十一時（じゅういちじ）	十二時（じゅうにじ）
幾點	現在				
何時（なんじ）	今（いま）				

中文	漢字・原文	重音・假名
生日	誕生日	3 たんじょうび
聖誕節	Christmas	3 クリスマス
新年	正月	0 しょうがつ
兒童節	子供の日	0 こどものひ
開學典禮	入学式	3 にゅうがくしき
恭喜您		9 おめでとう　ございます

會話 CD 77

きょうは　なんにちですか。

あみ　：いまは　なんがつですか。
かおり：いまは　ろくがつです。

あみ　：きょうは　なんにちですか
かおり：きょうは　むいかです。

あみ　：かおりさんのたんじょうびは　いつですか。
かおり：ろくがつ　なのかです。

あみ　：あしたですね。おめでとう　ございます。

會話翻譯

今日は　何日ですか。

今天是幾號？

亜美：今は　何月ですか。
香織：今は　六月です。

亞美　：現在是幾月呢？
香織　：現在是六月。

亜美：今日は　何日ですか。
香織：今日は　六日です。

亞美　：今天是幾號？
香織　：今天是六號。

亜美：香織さんの誕生日は　いつですか。
香織：六月七日です。

亞美　：香織的生日是什麼時候呢？
香織　：六月七日。

亜美：明日ですね。おめでとう　ございます。

亞美　：就是明天呢。恭喜您。

「香織さんの誕生日は　いつですか。」由於是香織的生日，所以是用「香織さんの」，不是用「香織さんは」。

文型 CD 78

月份的練習

今（いま）は　何月（なんがつ）ですか。

今（いま）は　九月（くがつ）です。　　現在是九月。

日期的練習

今日（きょう）は　何日（なんにち）ですか。

今日（きょう）は　五日（いつか）です。　　今天是五號。

時間的練習

今（いま）は　何時（なんじ）ですか。

今（いま）は　九時（くじ）です。　　現在是九點。

特殊日期的練習

誕生日（たんじょうび）は　何月何日（なんがつなんにち）ですか。

いつですか。

誕生日（たんじょうび）は　三月六日（さんがつむいか）です。　　生日是三月六日。

文型練習

練習1

今は　何月ですか。 ➡ 例 今は　四月です。

說說看
① 今月 / 十月
② 来月 / 二月

練習2

今日は　何日ですか。 ➡ 例 今日は　九日です。

說說看 特殊日期：

一日（ついたち）	二日（ふつか）	三日（みっか）	四日（よっか）	五日（いつか）	六日（むいか）	七日（なのか）
八日（ようか）	九日（ここのか）	十日（とおか）	十四日（じゅうよっか）	二十日（はつか）	二十四日（にじゅうよっか）	

練習3

今は　何時ですか。

說說看

① 9:00

② 4:00

③ 12:00

練習4

誕生日(たんじょうび)は　何月何日(なんがつなんにち)ですか。  例 誕生日(たんじょうび)は　三月七日(さんがつなのか)です。

說說看

① クリスマス / 十二月二十五日(じゅうにがつにじゅうごにち)
② 子供(こども)の日(ひ) / 五月五日(ごがついつか)
③ 入学式(にゅうがくしき) / 四月一日(しがつついたち)
④ 正月(しょうがつ) / 一月一日(いちがつついたち)

文法

注意

這一課最主要是「時間」、「日期」、「月份」的練習。雖然繁雜，但要反覆練習。

❶ 下面的月份要注意唸法

四月（しがつ）	七月（しちがつ）	九月（くがつ）	十月（じゅうがつ）

❷ 下面的日期要注意唸法

十四日（じゅうよっか）	二十日（はつか）	二十四日（にじゅうよっか）

例「十四日」的唸法 ➡ じゅうよっか（○）
じゅうよんにち（×）

例「二十日」的唸法 ➡ はつか（○）
にじゅうにち（×）

❸ 下面的時間要注意唸法

四時（よじ）	九時（くじ）	十時（じゅうじ）

例「四時」的唸法 ➡ よじ（○）
よんじ（×）

例「九時」的唸法 ➡ くじ（○）
きゅうじ（×）

❹ おめでとう　ございます。

這是恭喜時的用語，如結婚、考試通過、生小孩、結婚、新年都可用這一句話。

例 新年（しんねん）　あけまして　<u>おめでとう　ございます。</u>　恭賀新禧。
結婚（けっこん）　<u>おめでとう　ございます。</u>　新婚誌喜。

❺ いつですか。

「いつ」是疑問詞，範圍比較籠統，至於「**何月何日**（なんがつなんにち）」、「**何時**（なんじ）」、「**何曜日**（なんようび）」這些疑問詞，就清楚多了。

例 A：テストは　いつですか。　　考試是什麼時候呢？
　 B：来月（らいげつ）です。　　下個月。

　 A：テストは　何月何日（なんがつなんにち）ですか。　　考試是幾月幾日呢？
　 B：七月一日（しちがつついたち）です。　　七月一日。

小測驗

一・單字測驗

1. (　　) 新年　① にがつ　② しょうがつ　③ くがつ
2. (　　) 聖誕節　① アメリカ　② テスト　③ クリスマス
3. (　　) 九月　① ろくがつ　② くがつ　③ さんがつ
4. (　　) 幾日　① なんがつ　② なんにち　③ なんじ
5. (　　) 幾點　① なんがつ　② なんにち　③ なんじ
6. (　　) 開學典禮　① にゅうがくしき　② そつぎょうしき　③ きねんび
7. (　　) 四點　① よんじ　② よじ　③ しじ
8. (　　) 四日　① よんにち　② よんか　③ よっか
9. (　　) 七日　① なのか　② しつにち　③ ななか
10. (　　) 二十日　① にじゅうにち　② はつか　③ にじにち

二・填充測驗

1. 請寫出一月到十二月的假名與漢字

1月	2月	3月	4月
5月	6月	7月	8月
9月	10月	11月	12月

2. 請寫出一日到十日的假名與漢字

1日	2日	3日	4日	5日
6日	7日	8日	9日	10日

3. 請寫出一點到十二點的假名與漢字

1點	2點	3點	4點
5點	6點	7點	8點
9點	10點	11點	12點

解答篇

Check it out！

做完了隨堂測驗，快來對對自己
有沒有都答對！

第十課　あいさつ
（だいじゅっ か）

小測驗解答

一・連連看

1. F　2. H　3. G　4. D　5. B　6. C　7. A　8. E

二・聽寫填空

1. な；い　2. ん；は　3. が　4. ん；か　5. は；う

三・寫寫看

1. D　2. B　3. E　4. C　5. A

第十一課　私は　林です。
（だいじゅういっ か　わたし　りん）

小測驗解答

一・單字測驗

1. ②　2. ③　3. ①　4. ②　5. ③

二・重組測驗

1. 木村です。どうぞ、よろしく。
2. 私は　林です。
3. 彼は　先生ですか。
4. 彼女も　高校生です。
5. 先生は　アメリカ人ですか。

三・填充測驗

1. も　2. どうぞ；こちら

第十二課　それは　何ですか。
（だいじゅう に か　なん）

小測驗解答

一・單字測驗

1. ②　2. ③　3. ①　4. ②　5. ③　6. ④　7. ①　8. ②　9. ②　10. ①

二・填充測驗

1. 何　2. そうです　3. ではありません　4. いいえ

三・重組測驗

1. あれは　何ですか。

2. あれは　花です。

3. あれは　傘では　ありません。

4. あれは　水ですか、お茶ですか。（或あれは　お茶ですか、水ですか。）

5. それも　本ですか。

第十三課(だいじゅうさんか)　その雑誌(ざっし)は　私(わたし)のです。

小測驗解答

一・單字測驗

1. ①　2. ②　3. ②　4. ②　5. ①　6. ③　7. ②　8. ①　9. ①　10. ③

二・填充選擇

1. ②　2. ①　3. ②　4. ①　5. ①

三・翻譯

1. これは　日本語の雑誌ですか。

2. あのめがねは　先生のです。

3. あのノートは　誰のですか。

第十四課(だいじゅうよんか)　ここは　教室(きょうしつ)です。

練習解答

1. 翻譯練習 ① ここは　駅(えき)です。② そこは　郵便局(ゆうびんきょく)です。③ あそこは　公園(こうえん)です。

2. 翻譯練習 ① 駅(えき)は　ここてす。② 郵便局(ゆうびんきょく)は　そこです。③ 公園(こうえん)は　あそこです。

3. 問答練習 ① いいえ、違(ちが)います。教室(きょうしつ)です。② いいえ、違(ちが)います。銀行(ぎんこう)です。

4. 問答練習 ① そこです。② そこです。

5. 問答練習 ① 新竹(しんちく)です。② 日本(にほん)です。③ そこです。

小測驗解答

一・單字測驗

1. ② 2. ① 3. ② 4. ③ 5. ① 6. ③ 7. ③ 8. ① 9. ② 10. ②

二・填充選擇

1. ③ 2. ③ 3. ① 4. ② 5. ②

三・翻譯

1. 山下さんの家は　どこですか。
2. あそこは　公園です。
3. 日本語の本は　どこですか。
4. これは　水ですか。いいえ、ちがいます。お茶です。
5. トイレは　どこですか。

第十五課（だいじゅうごか）　このパンは　いくらですか。

練習解答

1. ① よん、ろく、なな（或しち）、きゅう（或く）、いち
   ② じゅういち、じゅうさん、じゅうご、じゅうはち、じゅうよん（或じゅうし）
   ③ にじゅう、よんじゅう、ごじゅう、ななじゅう（或しちじゅう）、きゅうじゅう
2. 略
3. ① パンを　ください。② お茶（ちゃ）を　ください。③ ネクタイを　ください。
4. ① 花（はな）は　いくらですか。② 時計（とけい）は　いくらですか。③ それは　いくらですか。
5. ① 帽子（ぼうし）とかばん　② 日本語（にほんご）と英語（えいご）　③ パンとコーヒー

小測驗解答

一・單字測驗

1. ② 2. ① 3. ② 4. ③ 5. ② 6. ③ 7. ② 8. ① 9. ① 10. ②

二・填充選擇

1. いくら　2. と　3. を

三・練習數字

ゼロ / れい	し / よん	はち	じゅう	じゅうきゅう
にじゅうろく	さんじゅうなな	ろくじゅうなな	ひゃく	せん

第十六課　今日は　何曜日ですか。

（だいじゅうろっか　きょう　なんようび）

小測驗解答

一・單字測驗

1. ②　2. ①　3. ③　4. ③　5. ②　6. ①　7. ③　8. ②　9. ①　10. ①

二・填充測驗

1. 何曜日　2. でした　3. から；まで　4. から；まで　5. あした

第十七課　このりんごは　大きいです。

（だいじゅうななか　おお）

小測驗解答

一・單字測驗

1. ③　2. ④　3. ①　4. ②　5. ③　6. ④　7. ②　8. ①　9. ③　10. ①

二・形容詞變化練習

請將イ形容詞接續名詞

1. 寒い冬　2. おもしろいおもちゃ　3. 大きいかばん　4. 古い靴　5. 高いりんご

請將イ形容詞改成否定形

1. 安くない　2. 新しくない　3. 暑くない　4. 小さくない　5. まずくない

第十八課　あの町は　賑やかです。

（だいじゅうはっか　まち　にぎ）

小測驗解答

一・單字測驗

1. ②　2. ①　3. ③　4. ①　5. ③　6. ①　7. ②　8. ③　9. ①　10. ②

二・形容詞變化練習

請將ナ形容詞接續名詞

1. 上手な料理　2. 親切な先生　3. きれいなかばん　4. 有名な学校　5. 好きなりんご

三・翻譯

1. 私は　きれいなかばんが　好きです。

2. あそこは　有名な町です。

3. 日本語が　上手です。

4. 数学が　下手です。

5. あの人は　親切では　ありません。

第十九課(だいじゅうきゅうか)　お母(かあ)さんは　どこに　いますか。

小測驗解答

一・單字測驗

1. ②　2. ①　3. ③　4. ①　5. ③　6. ③　7. ②　8. ②　9. ③　10. ②

二・填充測驗

1. います　2. に　3. あります　4. が　5. の；に　6. 中；あります　7. は；います

第二十課(だいにじゅっか)　今日(きょう)は　何月何日(なんがつなんにち)ですか。

練習解答

1. ① 今月(こんげつ)は　十月(じゅうがつ)です。　② 来月(らいげつ)は　二月(にがつ)です。

2. 略

3. ① 九時(くじ)です。② 四時(よじ)です。③ 十二時(じゅうにじ)です。

4. ① クリスマスは　十二月二十五日(じゅうにがつにじゅうごにち)です。
   ② 子供(こども)の日(ひ)は　五月五日(ごがついつか)です。
   ③ 入学式(にゅうがくしき)は　四月一日(しがつついにち)です。
   ④ 正月(しょうがつ)は　一月一日(いちがつついにち)です。

小測驗解答

一・單字測驗

1. ②　2. ③　3. ②　4. ②　5. ③　6. ①　7. ②　8. ③　9. ①　10. ②

二・填充測驗

1. 一月(いちがつ)、二月(にがつ)、三月(さんがつ)、四月(しがつ)、五月(ごがつ)、六月(ろくがつ)、七月(しちがつ)、八月(はちがつ)、九月(くがつ)、十月(じゅうがつ)、十一月(じゅういちがつ)、十二月(じゅうにがつ)

2. 一日(ついたち)、二日(ふつか)、三日(みっか)、四日(よっか)、五日(いつか)、六日(むいか)、七日(なのか)、八日(ようか)、九日(ここのか)、十日(とおか)

3. 一時(いちじ)、二時(にじ)、三時(さんじ)、四時(よじ)、五時(ごじ)、六時(ろくじ)、七時(しちじ)、八時(はちじ)、九時(くじ)、十時(じゅうじ)、十一時(じゅういちじ)、十二時(じゅうにじ)

附錄

學習重點！

❶ 日本行政區

❷ 東京山手線路線圖

❸ 世界國名

❹ 時間

❺ 量詞

❻ 餐飲美食

❼ 商店機關

❽ 各式飲料

日本行政區

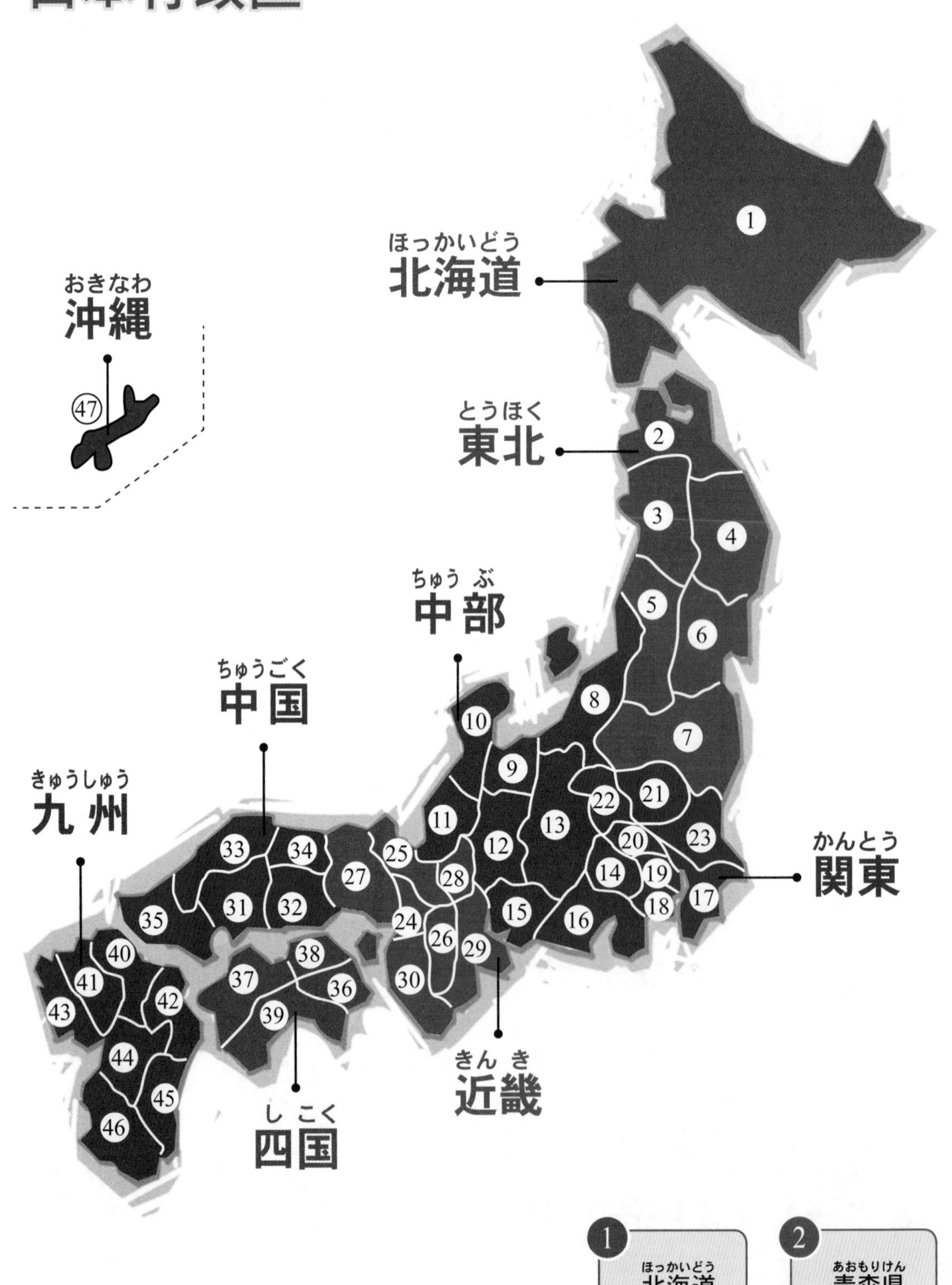

1 ほっかいどう 北海道

2 あおもりけん 青森県

3 秋田県（あきたけん）
4 岩手県（いわてけん）
5 山形県（やまがたけん）
6 宮城県（みやぎけん）
7 福島県（ふくしまけん）
8 新潟県（にいがたけん）
9 富山県（とやまけん）
10 石川県（いしかわけん）
11 福井県（ふくいけん）
12 岐阜県（ぎふけん）
13 長野県（ながのけん）
14 山梨県（やまなしけん）
15 愛知県（あいちけん）
16 静岡県（しずおかけん）
17 千葉県（ちばけん）
18 神奈川県（かながわけん）
19 東京都（とうきょうと）
20 埼玉県（さいたまけん）
21 栃木県（とちぎけん）
22 群馬県（ぐんまけん）
23 茨城県（いばらきけん）
24 大阪府（おおさかふ）
25 京都府（きょうとふ）
26 奈良県（ならけん）
27 兵庫県（ひょうごけん）
28 滋賀県（しがけん）
29 三重県（みえけん）
30 和歌山県（わかやまけん）
31 広島県（ひろしまけん）
32 岡山県（おかやまけん）
33 島根県（しまねけん）
34 鳥取県（とっとりけん）
35 山口県（やまぐちけん）
36 徳島県（とくしまけん）
37 愛媛県（えひめけん）
38 香川県（かがわけん）
39 高知県（こうちけん）
40 福岡県（ふくおかけん）
41 佐賀県（さがけん）
42 大分県（おおいたけん）
43 長崎県（ながさきけん）
44 熊本県（くまもとけん）
45 宮崎県（みやざきけん）
46 鹿児島県（かごしまけん）
47 沖縄県（おきなわけん）

東京山手線路線圖

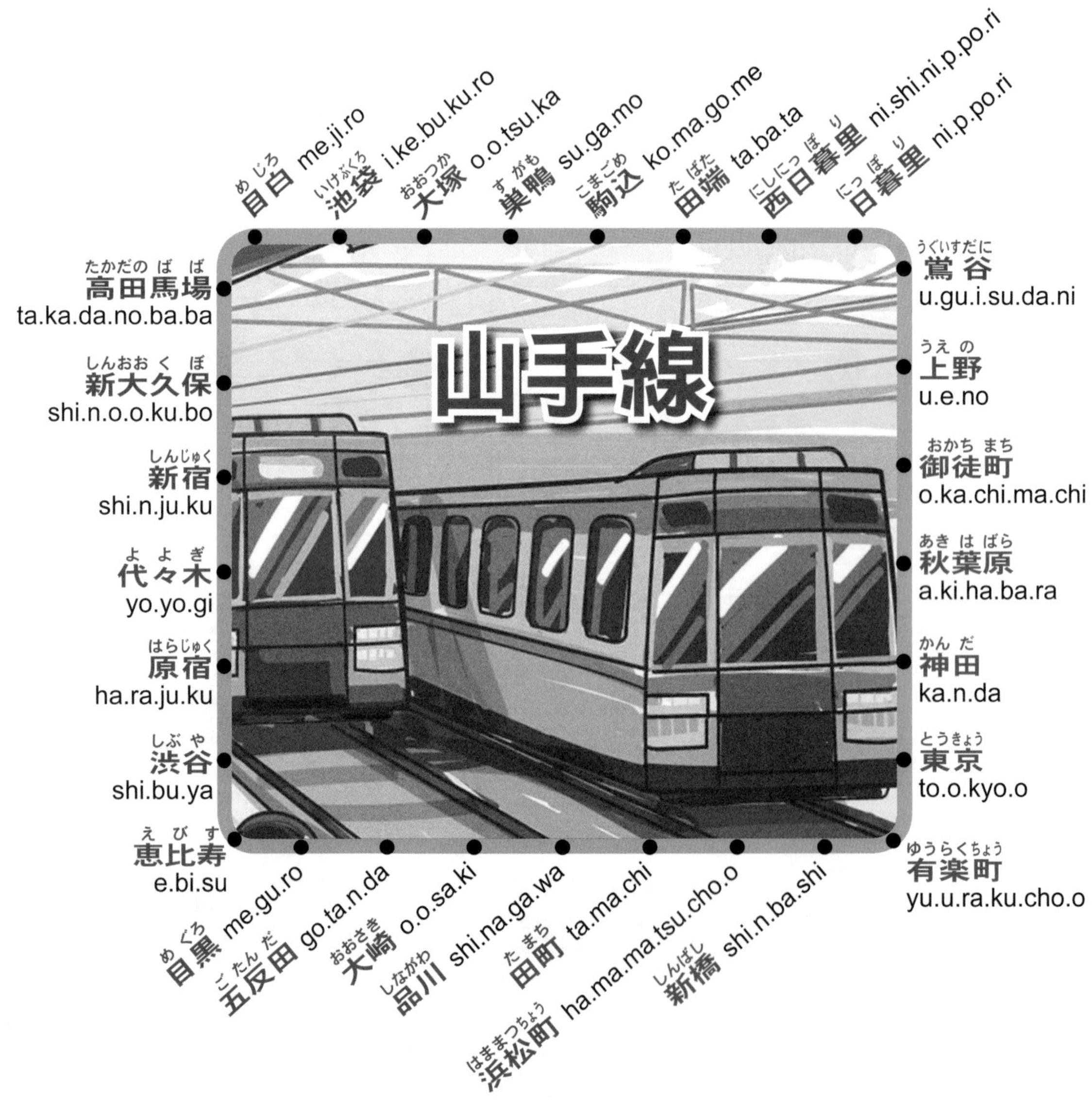
山手線
目白 めじろ me.ji.ro
池袋 いけぶくろ i.ke.bu.ku.ro
大塚 おおつか o.o.tsu.ka
巣鴨 すがも su.ga.mo
駒込 こまごめ ko.ma.go.me
田端 たばた ta.ba.ta
西日暮里 にしにっぽり ni.shi.ni.p.po.ri
日暮里 にっぽり ni.p.po.ri
鶯谷 うぐいすだに u.gu.i.su.da.ni
上野 うえの u.e.no
御徒町 おかちまち o.ka.chi.ma.chi
秋葉原 あきはばら a.ki.ha.ba.ra
神田 かんだ ka.n.da
東京 とうきょう to.o.kyo.o
有楽町 ゆうらくちょう yu.u.ra.ku.cho.o
新橋 しんばし shi.n.ba.shi
浜松町 はままつちょう ha.ma.ma.tsu.cho.o
田町 たまち ta.ma.chi
品川 しながわ shi.na.ga.wa
大崎 おおさき o.o.sa.ki
五反田 ごたんだ go.ta.n.da
目黒 めぐろ me.gu.ro
恵比寿 えびす e.bi.su
渋谷 しぶや shi.bu.ya
原宿 はらじゅく ha.ra.ju.ku
代々木 よよぎ yo.yo.gi
新宿 しんじゅく shi.n.ju.ku
新大久保 しんおおくぼ shi.n.o.o.ku.bo
高田馬場 たかだのばば ta.ka.da.no.ba.ba

世界國名

日文發音	漢字、原文	中文解釋
アジア	Asia	亞洲
ヨーロッパ	Europe	歐洲
アメリカ	America	美洲
オセアニア	Oceania	大洋洲
アフリカ	Africa	非洲
たいわん	台湾，Taiwan	台灣
にほん	日本，Japan	日本
ちゅうごく	中国，China	中國
かんこく	韓国，Korea	韓國
きたちょうせん	北朝鮮，North Korea	北韓
タイ	Thailand	泰國
ベトナム	Vietnam	越南
シンガポール	Singapore	新加坡
インドネシア	Indonesia	印尼
マレーシア	Malaysia	馬來西亞
フィリピン	Philippines	菲律賓
モンゴル	Mongolia	蒙古
ロシア	Russia	俄羅斯
インド	India	印度
パキスタン	Pakistan	巴基斯坦
ネパール	Nepal	尼泊爾
イスラエル	Israel	以色列
イラン	Iran	伊朗
ヨルダン	Jordan	約旦
サウジアラビア	Saudi Arabia	沙烏地阿拉伯
トルコ	Turkey	土耳其
イギリス	United Kingdom	英國
フランス	France	法國
ドイツ	Germany	德國
イタリア	Italy	義大利

ギリシャ	Greece	希臘
スペイン	Spain	西班牙
ポルトガル	Portugal	葡萄牙
スイス	Switzerland	瑞士
アイスランド	Iceland	冰島
フィンランド	Finland	芬蘭
ノルウェー	Norway	挪威
オランダ	Netherlands	荷蘭
ベルギー	Belgium	比利時
アメリカ	United States of America	美國
カナダ	Canada	加拿大
ブラジル	Brazil	巴西
チリ	Chile	智利
メキシコ	Mexico	墨西哥
キューバ	Cuba	古巴
ニュージーランド	New Zealand	紐西蘭
オーストラリア	Australia	澳州
エジプト	Egypt	埃及
みなみアフリカ	南Africa，South Africa	南非共和國
マダガスカル	Madagascar	馬達加斯加

時間

時間推移（年）

日文發音	漢　　字	中文翻譯
おととし	一昨年	前年
きょねん	去年	去年
ことし	今年	今年
らいねん	来年	明年
さらいねん	再来年	後年

「年」的累計

日文發音	漢　　字	中文翻譯
いちねん	一年	一年
にねん	二年	二年
さんねん	三年	三年
よねん	四年	四年
ごねん	五年	五年
ろくねん	六年	六年
ななねん、しちねん	七年	七年
はちねん	八年	八年
きゅうねん、くねん	九年	九年
じゅうねん	十年	十年

時間推移（月）

日文發音	漢　　字	中文翻譯
せんせんげつ	先々月	上上個月
せんげつ	先月	上個月
こんげつ	今月	這個月
らいげつ	来月	下個月
さらいげつ	再来月	下下個月

固定時間

日文發音	漢　　字	中文翻譯
まいあさ	毎朝	每天早上
まいばん	毎晩	每天晚上
まいしゅう	毎週	每週
まいつき、まいげつ	毎月	每月
まいとし、まいねん	毎年	每年

「月份」的說法

日文發音	漢　　字	中文翻譯
しょうがつ	正月	正月
いちがつ	一月	一月
にがつ	二月	二月
さんがつ	三月	三月
しがつ	四月	四月
ごがつ	五月	五月
ろくがつ	六月	六月
しちがつ	七月	七月
はちがつ	八月	八月
くがつ	九月	九月
じゅうがつ	十月	十月
じゅういちがつ	十一月	十一月
じゅうにがつ	十二月	十二月

「月」的累計

日文發音	漢　　字	中文翻譯
ひとつき	一月	一個月
いっかげつ	一箇月	一個月
ふたつき	二月	二個月
にかげつ	二箇月	二個月
さんかげつ	三箇月	三個月
よんかげつ	四箇月	四個月

ごかげつ	五箇月	五個月
ろっかげつ	六箇月	六個月
ななかげつ、しちかげつ	七箇月	七個月
はちかげつ、はっかげつ	八箇月	八個月
きゅうかげつ	九箇月	九個月
じゅっかげつ、じっかげつ	十箇月	十個月
はんとし	半年	半年

時間推移（星期）

日文發音	漢　字	中文翻譯
せんせんしゅう	先々週	上上星期
せんしゅう	先週	上星期
こんしゅう	今週	這星期
らいしゅう	来週	下星期
さらいしゅう	再来週	下下星期

「星期」的累計

日文發音	漢　字	中文翻譯
いっしゅうかん	一週間	一個星期
にしゅうかん	二週間	二個星期
さんしゅうかん	三週間	三個星期
よんしゅうかん	四週間	四個星期
ごしゅうかん	五週間	五個星期
ろくしゅうかん	六週間	六個星期
ななしゅうかん、しちしゅうかん	七週間	七個星期
はっしゅうかん	八週間	八個星期
きゅうしゅうかん	九週間	九個星期
じゅっしゅうかん、じっしゅうかん	十週間	十個星期

「日」的累計

日文發音	漢　　字	中文翻譯
いちにち	一日	一天
ふつか	二日	二天
みっか	三日	三天
よっか	四日	四天
いつか	五日	五天
むいか	六日	六天
なのか	七日	七天
ようか	八日	八天
ここのか	九日	九天
とおか	十日	十天

「日期」的說法

日文發音	漢　　字	中文翻譯
ついたち	一日	一日
ふつか	二日	二日
みっか	三日	三日
よっか	四日	四日
いつか	五日	五日
むいか	六日	六日
なのか	七日	七日
ようか	八日	八日
ここのか	九日	九日
とおか	十日	十日
じゅういちにち	十一日	十一日
じゅうににち	十二日	十二日
じゅうさんにち	十三日	十三日
じゅうよっか	十四日	十四日
じゅうごにち	十五日	十五日
じゅうろくにち	十六日	十六日
じゅうしちにち	十七日	十七日
じゅうはちにち	十八日	十八日
じゅうくにち	十九日	十九日

はつか	二十日	廿日
にじゅういちにち	二十一日	廿一日
にじゅうににち	二十二日	廿二日
にじゅうさんにち	二十三日	廿三日
にじゅうよっか	二十四日	廿四日
にじゅうごにち	二十五日	廿五日
にじゅうろくにち	二十六日	廿六日
にじゅうしちにち	二十七日	廿七日
にじゅうはちにち	二十八日	廿八日
にじゅうくにち	二十九日	廿九日
さんじゅうにち	三十日	卅日
さんじゅういちにち	三十一日	卅一日

時間順序（每日）

日文發音	漢　　字	中文翻譯
おとといのあさ	一昨日の朝	前天早上
きのうのあさ	昨日の朝	昨天早上
けさ	今朝	今天早上
あしたのあさ	明日の朝	明天早上
あさってのあさ	明後日の朝	後天早上
おとといのばん	一昨日の晩	前天晚上
きのうのばん	昨日の晩	昨晚
ゆうべ	昨夜	昨晚
こんばん	今晩	今晚
こんや	今夜	今晚
あしたのばん	明日の晩	明天晚上
あさってのばん	明後日の晩	後天晚上

「整點」的說法

日文發音	漢　　字	中文翻譯
いちじ	一時	一點
にじ	二時	二點
さんじ	三時	三點

よじ	四時	四點
ごじ	五時	五點
ろくじ	六時	六點
しちじ	七時	七點
はちじ	八時	八點
くじ	九時	九點
じゅうじ	十時	十點
じゅういちじ	十一時	十一點
じゅうにじ	十二時	十二點

「小時」的累計

日文發音	漢　字	中文翻譯
いちじかん	一時間	一個小時
にじかん	二時間	二個小時
さんじかん	三時間	三個小時
よじかん	四時間	四個小時
ごじかん	五時間	五個小時
ろくじかん	六時間	六個小時
ななじかん、しちじかん	七時間	七個小時
はちじかん	八時間	八個小時
くじかん	九時間	九個小時
じゅうじかん	十時間	十個小時

「分鐘」的說法

日文發音	漢　字	中文翻譯
いっぷん	一分	一分
にふん	二分	二分
さんぷん	三分	三分
よんぷん	四分	四分
ごふん	五分	五分
ろっぷん	六分	六分
しちふん、ななふん	七分	七分
はっぷん	八分	八分
きゅうふん	九分	九分

じゅっぷん、じっぷん	十分	十分
じゅうごふん	十五分	十五分
さんじゅっぷん、さんじっぷん	三十分	三十分

「分鐘」的累計

日文發音	漢　字	中文翻譯
いっぷん	一分	一分鐘
にふん	二分	二分鐘
さんぷん	三分	三分鐘
よんぷん	四分	四分鐘
ごふん	五分	五分鐘
ろっぷん	六分	六分鐘
しちふん、ななふん	七分	七分鐘
はっぷん	八分	八分鐘
きゅうふん	九分	九分鐘
じゅっぷん、じっぷん	十分	十分鐘

量詞

數字（基本的數量詞）

日文發音	漢　　字	中文翻譯
いち	一	一
に	二	二
さん	三	三
し、よん	四	四
ご	五	五
ろく	六	六
しち、なな	七	七
はち	八	八
きゅう	九	九
じゅう	十	十

「物品」的單位

日文發音	漢　　字	中文翻譯
いっこ	一個	一個
にこ	二個	二個
さんこ	三個	三個
よんこ	四個	四個
ごこ	五個	五個
ろっこ	六個	六個
ななこ	七個	七個
はっこ	八個	八個
きゅうこ	九個	九個
じゅっこ、じっこ	十個	十個

「物品」的單位（和語用法）

日文發音	漢　　字	中文翻譯
ひとつ	一つ	一個
ふたつ	二つ	二個

みっつ	三つ	三個
よっつ	四つ	四個
いつつ	五つ	五個
むっつ	六つ	六個
ななつ	七つ	七個
やっつ	八つ	八個
ここのつ	九つ	九個
とお	十	十個

「百」的用法

日文發音	漢　　字	中文翻譯
ひゃく	百	一百
にひゃく	二百	二百
さんびゃく	三百	三百
よんひゃく	四百	四百
ごひゃく	五百	五百
ろっぴゃく	六百	六百
ななひゃく	七百	七百
はっぴゃく	八百	八百
きゅうひゃく	九百	九百

「千」的用法

日文發音	漢　　字	中文翻譯
せん	千	一千
にせん	二千	二千
さんぜん	三千	三千
よんせん	四千	四千
ごせん	五千	五千
ろくせん	六千	六千
ななせん	七千	七千
はっせん	八千	八千
きゅうせん	九千	九千

「萬」的用法

日文發音	漢　　字	中文翻譯
いちまん	一万	一萬
にまん	二万	二萬
さんまん	三万	三萬
よんまん	四万	四萬
ごまん	五万	五萬
ろくまん	六万	六萬
ななまん	七万	七萬
はちまん	八万	八萬
きゅうまん	九万	九萬
じゅうまん	十万	十萬

「樓層」的說法

日文發音	漢　　字	中文翻譯
いっかい	一階	一樓
にかい	二階	二樓
さんがい	三階	三樓
よんかい	四階	四樓
ごかい	五階	五樓
ろっかい	六階	六樓
ななかい	七階	七樓
はちかい、はっかい	八階	八樓
きゅうかい	九階	九樓
じゅっかい、じっかい	十階	十樓
なんがい	何階	幾樓

餐飲美食

日文發音	漢字、原文	中文解釋
おでん	——	關東煮
つきみうどん	月見うどん	月見烏龍麵
とんかつ	豚かつ	炸豬排
ぎゅうどん	牛丼	牛肉蓋飯
おやこどん	親子丼	雞肉雞蛋蓋飯
てんどん	天丼	天婦羅蓋飯
うなどん	鰻丼	鰻魚蓋飯
かつどん	かつ丼	炸豬排蓋飯
かいせんどん	海鮮丼	海鮮蓋飯
うめぼし	梅干し	梅干
おちゃづけ	お茶漬け	茶泡飯
にくじゃが	肉じゃが	馬鈴薯燉肉
エビフライていしょく	海老フライ定食（海老+fry+定食）	炸蝦定食
おこのみやき	お好み焼き	什錦燒
たこやき	蛸焼き	章魚燒
しゃぶしゃぶ	——	涮涮鍋
すきやき	鋤焼き	壽喜燒
オムライス	omelet+rice	蛋包飯
コロッケ	（法）croquette	可樂餅
グラタン	（法）gratin	焗烤通心麵
チキンドリア	chicken+（法）doria	雞肉焗烤飯
まっちゃアイス	抹茶アイス（抹茶+ice）	抹茶冰淇淋
わがし	和菓子	和菓子
プリン	pudding的省略	布丁
せんべい	煎餅	仙貝

商店機關

日文發音	漢字、原文	中文解釋
パンや	パン屋（【葡】pão+屋）	麵包店
にくや	肉屋	肉店
ケーキや	ケーキ屋（cake+屋）	蛋糕店
やおや	八百屋	蔬果店
とこや	床屋	理髮店
こめや	米屋	米店
くすりや	薬屋	藥房
さかなや	魚屋	魚攤
さかや	酒屋	酒店
ほんや	本屋	書店
しゃしんや	写真屋	照相館
でんきや	電気屋	電器行
せんとう	銭湯	澡堂
ごふくや	呉服屋	和服店
クリーニングや	クリーニング屋（cleaning+屋）	乾洗店
めがねや	眼鏡屋	眼鏡行
とけいや	時計屋	鐘錶店
じてんしゃや	自転車屋	自行車行
ジム	gym	健身房
いちば	市場	市場
ショッピングモール	shopping mall	購物中心
やたい	屋台	攤販
クリニック	clinic	診所
びじゅつかん	美術館	美術館
はくぶつかん	博物館	博物館

各式飲料

日文發音	漢字、原文	中文解釋
ウーロンちゃ	（中）烏龍茶	烏龍茶
ミルク	milk	牛奶
ヤクルト	Yakult（商品名稱）	養樂多（乳酸飲料）
ワイン	wine	葡萄酒
ビール	beer	啤酒
コニャック	（法）cognac	法國白蘭地酒
ジュース	juice	果汁
おちゃ	お茶	茶
コーヒー	coffee	咖啡
こうちゃ	紅茶	紅茶
カクテル	cocktail	雞尾酒
コーラ	cola	可樂
ココア	cocoa	可可
シェーク	shake	奶昔
シャンペン	（法）champagne	香檳酒
サイダー	cider	汽水
パパイアミルク	papaya milk	木瓜牛奶
タピオカミルクティー	tapioca milk tea	珍珠奶茶
オレンジジュース	orange juice	柳橙汁
マンゴージュース	mango juice	芒果汁
トマトジュース	tomato juice	蕃茄汁
レモンティー	lemon tea	檸檬茶
ミネラルウォーター	mineral water	礦泉水
ブランデー	brandy	白蘭地
スポーツ・ドリンク	sports drink	運動飲料

國家圖書館出版品預行編目資料

我的第一堂日語課 / 王念慈著
--初版--台北市：瑞蘭國際, 2009.09
224面；19 x 26公分--（日語學習系列；03）
ISBN：978-986-6567-25-4（平裝附光碟片）
1.日語 2.語法

803.18 98012421

日語學習系列 03

我的第一堂日語課

作者｜王念慈
總策劃 / 審訂｜元氣日語編輯小組
豆知識 / 解答｜元氣日語編輯小組
責任編輯｜王愿琦、葉仲芸

日語錄音｜今泉江利子、野崎孝男・錄音室｜不凡數位錄音室
封面設計｜614・版型設計｜張芝瑜・內文排版｜帛格有限公司・美術插畫｜614

董事長｜張暖彗・社長兼總編輯｜王愿琦
編輯部
副總編輯｜葉仲芸・副主編｜潘治婷・文字編輯｜林珊玉、鄧元婷
特約文字編輯｜楊嘉怡
設計部主任｜余佳憓・美術編輯｜陳如琪
業務部
副理｜楊米琪・組長｜林湲洵・專員｜張毓庭

法律顧問｜海灣國際法律事務所　呂錦峯律師

出版社｜瑞蘭國際有限公司・地址｜台北市大安區安和路一段104號7樓之一
電話｜(02)2700-4625・傳真｜(02)2700-4622・訂購專線｜(02)2700-4625
劃撥帳號｜19914152 瑞蘭國際有限公司
瑞蘭國際網路書城｜www.genki-japan.com.tw

總經銷｜聯合發行股份有限公司・電話｜(02)2917-8022、2917-8042・
傳真｜(02)2915-6275、2915-7212・印刷｜科億印刷股份有限公司
出版日期｜2009年09月初版1刷・定價｜320元・ISBN｜978-986-6567-25-4
2018年11月五版1刷

瑞蘭國際

瑞蘭國際